날아라, 촌닭

날아라, 촌닭

발행일   2022년 7월 18일

지은이   정승수
펴낸이   손형국
펴낸곳   (주)북랩
편집인   선일영   편집   정두철, 배진용, 김현아, 박준, 장하영
디자인   이현수, 김민하, 김영주, 안유경   제작   박기성, 황동현, 구성우, 권태련
마케팅   김회란, 박진관
출판등록 2004. 12. 1(제2012-000051호)
주소   서울특별시 금천구 가산디지털 1로 168, 우림라이온스밸리 B동 B113~114호, C동 B101호
홈페이지 www.book.co.kr
전화번호 (02)2026-5777   팩스   (02)2026-5747

ISBN   979-11-6836-391-5 03810 (종이책)   979-11-6836-392-2 05810 (전자책)

(주)북랩 성공출판의 파트너
북랩 홈페이지와 패밀리 사이트에서 다양한 출판 솔루션을 만나 보세요!
홈페이지 book.co.kr   •   **블로그** blog.naver.com/essaybook   •   **출판문의** book@book.co.kr

작가 연락처 문의 ▸ ask.book.co.kr
작가 연락처는 개인정보이므로 북랩에서 알려드릴 수 없습니다.

선생 체험기

날아라

촌 닭

정승수 글·그림

북랩

이 책을 읽는 분들께 ——————

『날아라, 촌닭』이라는 제목처럼 비상은 위기의 순간이지요. 하지만 그 순간을 거치지 않고는 하늘을 날수 없어요. 그만큼 철저한 준비와 에너지가 필요해요. 비상은 준비된 자의 몫이요, 미래도 준비된 자의 것이지요. 다음 세대에 물려줄 위대한 선물 중 하나는 경험에서 배운 지혜요. 세상을 떠날 때, '최선을 다해 살았느냐?' 하는 물음이지요. 제가 남긴 삶의 자취가 이정표 되길 바라요.

산골 분교장 햇병아리 교사로부터, 교육부 장학관까지 42년간 꾸준히 걸어온 외길이었어요. 그동안 직접 가르친 제자가 1,000여 명, 내 이름으로 졸업장이 나간 제자는 2,000여 명이나 돼요. 고난도 있었지만, 보람 있는 생애였어요. 우리 6·25 세대가 황폐한 땅에 씨를 뿌렸다면, 제자들은 꽃을 피우고 열매를 맺게 했어요. 이런 땀의 결실로 후세들이 잘사는 나라가 되었지요.

지난날 삶의 역정歷程을 뒤돌아보는 선생 체험기를 썼어요. 교사가 되고 싶은 학생이나 선생님, 학부모도 읽어 보세요. 이런 우직한 선생도 있었구나 하며 타산지석他山之石으로 삼았으면 해요.

2022년 여름, 춘천 호반에서
정승수

차례

첫 번째 이야기   01

산 넘어 태산

두 번째 이야기   02

이발사가 된 상욱이

놀라워라! 시의 감화력

첫 번째 이야기

산
넘어
태
산

날아라, 촌닭

큰물에서 놀아라

"사람은 큰물에서 놀아라!"

김상의 교장은 저녁 회식 자리에서 말했다. 그 말이 화살처럼 귀에 꽂힌 정승수 선생은 서울에 가기로 마음먹었다. 더 배우고 싶은 욕망이 들었고, 또한 가난한 살림이라, 고향을 떠나고 싶었다. 그에겐 꿈이 있다. 그 꿈을 잉태했다. 물고기가 소양강에서 한강을 가려면 여러 댐을 뛰어넘는 모험이 따르듯 서울로 가자면 여러 난관이 있을 것이다.

때마침 낯선 편지가 왔다. 지난해 여름 숙명여고에서 미술 강습 함께 받았다는, 서울 광희국민학교 홍길수 선생의 사연이다. 본인은 지방으로 가고 싶으니 일대일로 바꾸자는 제안이다. 바라는 바, 꿈을 이루기 위해서 생각보다 직접 행동으로 옮기리라. 우연은 하나님이 인간에게 몰래 내려주는 기회일까? 기회는 앞머리를 잡아야 한다.

그에게 행운이 온 것일까? 행운은 스스로 만들어내는 것이므로 영원히 가질 수 있다. 새로운 미래를 원한다면 그 첫발을 오늘 당장 내딛자. '너무 많이 생각하지 말고 일단 만나보자.'

그길로 홍 선생을 만나 요구 조건을 들어보았다. 지방 내려가는 대가로, 차비를 달라고 했다. 월급 한 달 치를 선불했다. 홍 선생은 즉시 전출내신서를 강원도교육위원회에 내기로 약속했다.

날아라, 촌닭

사기당했구나?

"정 선생, 서울 올라간다며?"
"아니요, 힘들겠는데요."
"그러면 그렇지!"
박 교감은 무릎을 쳤다. 당연히 못 올라갈 것이라고 미리 단정하고 한 말이다.
빽도 돈도 없으면서 헛발질만 하고 있다고 비아냥거렸다.

기대했던 3월 1일자 전출 명단에 정승수 이름이 없다.
홍 선생은 몇 달이 지났는데도 꿩 구워 먹은 소식이다.
휴일, 서울 아현동 집 주소로 찾아갔으나 헛걸음만 했다. 사기당한 것 아닌가 생각하니 하늘이 노랗다. 이미 서울 간다는 소문은 커피 향과 함께 교내외에 퍼져있었다.

희망은 마음을 강하고 담대케 했다. 그렇다고 두려움을 전혀 모르는 것이 아니다.
두렵지만 용기를 가지고 될 수 있다는 신념을 가졌다.
신념은 자신을 구하는 가장 큰 힘이었다.

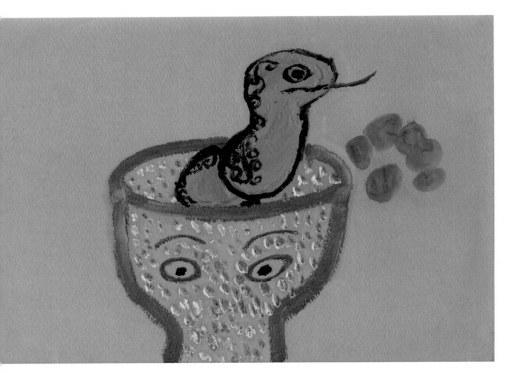

성경의 "뱀처럼 지혜롭고…"라는 구절에서 힌트를 얻었다.

산 넘어 태산이로구나!

오늘도 허탕 쳤다. 매번 홍 선생 만나지 못하니 오금이 확 풀렸다.
광화문 거리를 걷는데 번쩍 뇌리를 스치는 생각이 있었다.
'일면식—面識도 없는, 『조선일보』 만평을 그리고 계신 안의섭 화백을 찾아가랴…?'

"선배님, 안녕하십니까? ○○사범 ○○회입니다."
"정말 후배냐?"
확인하시고, 서울교육위원회 김공선 장학사님께 소개서를 써주었다.
날개 단 듯 가벼운 발걸음으로 서울시청 뒤 건물 초등교육과로 들어갔다.
사정을 듣고 동정 어린 눈빛으로 바라보셨다.
그 후 김 장학사님은 광희 교장실로 홍 선생을 불러들였다.
"전출 서류를 내든 사직서를 내든, 둘 중에 하나 하시오!"
독려했단다.

날아라, 촌닭

며칠 후 등기우편이 왔다.

"서울교육위원회에 접수한 전출 서류에 정승수 보내달라는 이름 빠졌어요. 딴 사람을 내정할 수도 있으니 본인 이름을 꼭 넣어주세요." 하는 내용의, 김 장학사님의 편지였다.

전출 서류 들고 담당 현재학 장학사께 드렸다.
"강원도 교육을 뭘로 알아! 인사 서류를 개인이 가져오다니…?"
노발대발하며, 전출 서류를 내동댕이쳤다.
초등교육과 장학사들이 보는 가운데 그 서류를 주섬주섬 주웠다.
쥐구멍이라도 들어가고 싶은 심정으로 나왔다.

'서울 가기란 산 넘어 태산이로구나!'
얼음 구멍에 빠진 사람, 날아가는 새 다리라도 잡고 싶은 심정이었다.

마침 최 선생 사촌 형이 중등교육과장으로, 학무국장 대리를 하고 있다는 사실을 알았다.
급한 김에 옆 교실 최동현 선생께 부탁했다.
부탁은 곁에 누군가가 있다는 뜻이며, 부탁을 들어주는 것은 사람과 사람 사이에 끈끈한 정이 흐르고 있다는 증거였다.

날아라, 촌닭

촌닭 선생

"야— 서울이다!"

5월 중순 서울 광희국민학교로 발령 났다.

교무실에서 정 선생은 두 팔 번쩍 들고 환호성을 질렀다. 미치도록 기뻐서 저절로 터져 나왔다. 간절한 소원이 이루어졌다. 뜨거운 눈물이 나왔다. 감동의 물결이 온몸을 휘감았다. 간절히 원하면 이루어지는구나!

문을 두드렸더니 드디어 열렸다. 기도는 눈에 안 보이지만 불가능을 가능으로 바꾸는 능력이다.

길이 끝나는 곳에서도 길이 되어주는 사람들 덕분이었다.

답답했던 가슴이 사이다 마신 듯 '뻥' 뚫렸다. 평생에 첫 행운이었다.

첫 서울, 희망은 앞으로 나아가는 힘이다. 가보지 않은 땅을 밟는 것이다. 낯선 땅을 바라보며 가는 것이다. 삶은 언제나 새로운 도전과 모험을 요구한다. **새로운 도전과 모험 없이는 그 어떤 것도 새롭게 창조해낼 수 없다.**

신당동 서울 광희국민학교는 68개 학급에 3,200명 학생이다. 1학년부터 4학년까지 2부제 수업으로 교대시간은 정신없었다. 마치 난장 같았다.

정 선생은, 장날 내놓은 촌닭처럼 어리벙벙했다. 정신 차리고 빨리 적응해라, 촌닭!

오는 날이 장날이라고 금곡 홍릉으로 봄 소풍을 갔다.
4학년 12반 여자 담임으로 관광버스 안에서 인사를 했다.
점심시간에 반장 어머니가 도시락을 주고 갔다.
그 속에 돈 봉투가 들어있다. 처음 받아보는 봉투였다.
소풍을 마치고 학교로 돌아왔다.

복도에 4학년 열다섯 반 선생 모두 모였다.
주임 교사가 돈을 거두었다.
"교장에게 왜 상납을 하는지 물어봐도 돼유?"
관행으로 한다며, 모처럼 받은 돈을 몽땅 빼앗기고 말았다.

~이래유, ~그랬대유.
정 선생이 강원도 사투리 쓴다고 **'촌닭 선생'**이라는 별명이 붙었다.

학교신문 발간하다

정 선생은 『광희학교신문』을 창간했다.
기자 모집은 5학년 아동을 대상으로 했다.
육하원칙에 따라 기사를 쓰니 문장력이 향상되었다.
이런 체험 학습이 산 교육 아닌가?

『광희학교신문』은 월간지로, 오늘 4호가 나왔다.
전면에는 학교 소식과 우리의 주장, 이달의 행사를 실었다.
둘째 면에는 어린이 회장 취임사와, 퀴즈, 『이솝우화』, 그리고 「해저왕국」이라는 만화를 실었다.
셋째 면은 보이스카웃·걸스카웃 창설과 청룡부대에서 온 편지, 김찬삼의 세계 일주 여행기를 실었다.
뒷면에는 우리들의 글짓기, 만화 「백설공주」를 실었다.

『소년한국일보』가 주최한 전국 어린이 신문 콘테스트에서 『광희학교신문』이 최우수상을 받았다.
어린이 기자들이 상장과 트로피를 받아 왔다.
이 일로 교장을 비롯하여 여러 선생이 '촌닭 선생'을 다시 보게 되었다.

도둑 잡아라!

12월 초순 정 선생은 숙직을 섰다. 밤 10시경, 위층에서 "따악— 따악—" 쇠붙이 떼는 소리가 들렸다. 3층으로 올라가 보니, 창문 손잡이 떼어 간 흔적 남아있다.

4층까지 올라가 보았지만 오리무중五里霧中이다.

급히 내려와 화장실 문을 열고 나갔다. 재래식 변소라 30여 칸이 굴속처럼 어두웠다.

하나 둘 셋…, 열 칸째 열어보니, 그 속에 장대 같은 도둑이 서있지 않은가?

담력이 어디서 나왔는지, 그 도둑을 잡았다. 놋쇠가 자루 속 그득 들어있다. 파출소에 인계했다.

양심은 인간의 내면에 있는 하나님의 일부다. 부자는 은행에서 도와주지만 도둑을 도와주는 은행은 없다. 젊은이가 중앙 시장에 좌판 놓고 야채 장사 해도 먹고사는 세상에 왜 도둑질을 할까?

교직원 조회 때 교장은 말했다.
"도둑 들어 창문 손잡이를 떼어 가 손실이 많아요."
'숙직이 도둑 잡느라 수고했다.' 한마디 하면 입안에 가시 돋나? 칭찬에 개도 꼬리치는데….

하늘보다 높은 사랑, 어머니 사랑

금반지와 바꾼 곰탕

상경하던 해가 어머니 환갑이었다. 평소 좋아하시던 냉면을 우래옥에서 대접했다.

정 선생은 서른이 가깝도록 장가가지 못했다. 그는 죄송한 마음으로, 쌍가락지 금지환을 끼워드렸다.

그다음 해 6학년 여자 반 담임이었다. 중학교 입학시험이 치열하여, 오후 5시까지 가르쳤다. 과로에 매일 코피를 쏟았다. 피골이 상접한 아들에게 어머니는, 몸을 아끼라고 충고해 주셨다.

점심시간에 어머니가 꼬리곰탕을 뚝배기에 끓여왔다. 자식 입에 밥 들어가는 것을 가장 행복해하셨다. 어김없이 매일 곰탕을 들고 오셨다. 차차 피곤했던 몸이 날아갈 듯 가벼워졌다.

우연히 왼손을 보았다. 환갑 기념으로 해 드린 금반지가 없어졌다. 마음이 뭉클했다.

"금반지는 다시 사면 되지만, **건강을 잃으면 다 잃 는 것이란다.**" 하시며 미소를 지으셨다.

어머니! 이름만 불러도 가슴 찡하다. 따뜻한 품, 거칠어진 손등, 주름투성이 얼굴은 내 가슴에 그대로 살아있다. 세상에서 어머니는 그저 한 여인일 수 있지만 내게 어머니는 세상 전부다.

오늘도 영원한 사랑으로 나를 이끌고 계신다.

"어머니— 보고 싶어요!"

아스팔트에서 꽃을 피우듯, 상경 4년 만에 학생을 경기여중에 합격시켰다.

경기여중 합격

　　정 선생은 3년 내내 5학년 여자 반만 담임했었다. 6학년을 담임하려
면 월급의 서너 배나 되는 큰돈을 투자해야만 했다. 그만한 돈도 없거
니와 그럴 생각이 없었다. 참다못해 교장실로 들어갔다.

　　"교장 선생님, 저는 도로 시골로 내려가겠어유."

　　윤석산 교장은 놀란 표정으로,

　　"왜 내려가려고 하시오?"

　　"3년 내내 5학년만 담임했고유, 능력이 없는 것 같아서유."

　　전근 가는 마지막 해에 6학년 여자 끝 반을 담임했다. 정 선생은『소
년조선일보』에 나오는 문제를 스크랩했다. 필기시험 위주라 체육, 미
술, 음악에 나오는 모든 문제를 풀게 했다. 그 문제가 적중했다. 6학
년 16개 반 중 유일하게 우리 반 이수진 학생이 경기여자중학교에 합
격했다.

　　촌닭 선생, 드디어 상경 4년 되던 해에 본때를 보여주었다.

　　중학교 입시 교육은 호기심과 창의력을 죽이는 암기 교육이었다. 지
식을 채워주는 것이 아니라, 그들이 스스로 생각하도록 가르치는 것임
을 알아야한다. **창의력은 지능을 재미있게 쓰는 능력이다.**

산 넘어 태산　33

서울 황학동 등꽃 피는 2층 창가에 아미를 다소곳이 숙이고 있는 처녀, 그대와 결혼했소.
1968. 8. 나의 아내, 일영농원에서

등꽃 아내

당신은 눈물도 웃음도 함께할
내 사랑 평생의 반려자
진주 목걸이 걸어주마
변함없는 금반지 끼워주마

당신은 그윽한 지혜의 산실
은은한 사랑의 모태
충만한 믿음의 황금률

당신 가슴은 풍성한 가을
살결은 보드라운 비단
눈은 소근거리는 봄비
입술은 향기 나는 등꽃

당신은 나의 동맥
나의 호흡
나의 생명
아내여!
내게 오라
등꽃 초롱 그늘로

초롱불 밝히며
손잡고 가자
가다가 날 저물면
별을 헤아리자

교사는 원예사

정 선생은 연세대학교 교육대학원에 다녔다. 화·금요일 저녁 6시부터 10시까지 강의를 들었다.

절차탁마切磋琢磨라 했던가! 배움에는 나이가 없다.

백양로 길지나 언더우드 동상, 역사 깊은 본관 강의실로 들어서면 뿌듯한 자부심을 느꼈다.

초등교육과정, 교육정책론, 장학론, 교육철학, 한국교육사 들로 유명한 교수진이 강의했다.

"옛날 유대 땅에 랍비들 모여, 후세 교육에 대해 의논했다네. 용맹한 사자로 키우자, 하늘 높이 나는 독수리로 키우자, 헤엄 잘 치는 고래로 키우자고 각자 주장했지. 한 방향으로만 키울 것이 아니라, 모두 잘하는 교육 방법은 없을까? 땅에서 잘 뛰고 하늘 높이 날고 물에서 헤엄치는, 모두 잘하는 사람으로 만들자고 의논한 끝에 오리를 만들고 말았다네."

성내운 교수는 우매한 랍비들의 교육 방법은 **개성을 무시한 획일적인 평준화**라고 말했다.

"백일홍은 백일홍대로 채송화는 채송화대로 고유의 빛깔과 향기가 있어요. 화단의 꽃들은 각기 개성을 가지고 있지요. 그 꽃의 특징에 따라 키우는 교사는 원예사와 같아요."

홍웅선 교수는 아동의 **개성을 중시하는 교육**을 해야 한다고 주장했다.

이발사가 된
상욱이

날아라, 촌닭

편입지구 학교

경기도에서 서울로 편입된 구천국민학교로 전근 갔다.

시내버스로 천호동에서 남향으로 30여분 더 나가는 거리였다.

비닐하우스와 논밭 사이로 널려있는 주택들이 정돈되어 있지 않아 어수선한 느낌이었다.

서울로 편입된 후로는 약수동과 청계천 판자촌 철거민들이 흘러들어 왔다.

학부모 대부분은 노동자로 시내에 나가 날품팔이로 생활하는 가난한 그들이었다.

통학 거리도 넓어 경기도 두 군데 리와 학교에서 6킬로미터 떨어진 가래골에서도 온다고 한다.

학교 뒷산에는 순백으로 맞이하는 자작나무 숲이 있었다.

구천국민학교는 5,000여 명의 졸업생을 배출한 오랜 역사를 자랑했다.

백년 묵은 향나무 여러 그루 서있다.

지금은 명일학교로, 근처는 아파트촌이 되었다.

이발사가 된 상욱이　　41

　날아라, 촌닭

문제아에게 관심을

정 선생은 6학년 5반 담임이었다. 첫날 뒷좌석 덩치 큰 남녀 학생이 킥킥거리며 장난치고 있었다.

'상욱이라는 아이는 여자아이들을 괴롭히고 있어요. 팔씨름을 하자 하고요, 남자아이들 꼼짝도 못 하게 겁주고 있어요. 인숙 올림.'

학급 분위기가 원만치 않았다. 상욱이의 5학년 때 생활기록부를 보았다.
'성격이 거칠어 아무나 때리고, 칼로 찌른다. 돈이나 물건을 무조건 빼앗는다.
아버지는 첩과 살며, 어머니는 품팔이로 생활한다.
교과 성적은 평균 45점이고, 산수는 20점이다.'

상욱이와 면담했다. 가무잡잡한 얼굴에 딱 벌어진 어깨는 열다섯 살로 보기엔 숙성했다.
두 손 꼭 잡아주며 말했다.
"상욱아! 약한 여자아이를 괴롭히면 되니? 남자답지 못한 짓이야."
고개만 숙인 채 아무 대꾸 없다. 따뜻한 손길이 필요한 아이였다.

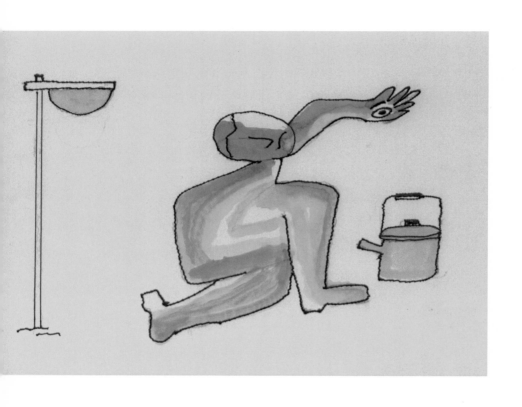

날아라, 촌닭

교실에 도둑이야!

새벽에 상욱이는 불량배와 함께, 동관 교실에 주전자며 값나가는 비품을 도둑질했다.

도둑은 눈이 손바닥에 달려 있다. 그 손은 도둑질하는 더러운 손이다.

참으로 손은 오묘하다. 마음먹기에 따라서 능력의 손, 사랑의 손, 돕는 손이 되기도 한다.

반성문에는 용돈이 궁해서 저질렀다고 한다. 다른 생각 못 하도록 일거리를 주어야 한다.

변두리라 이발하려면 천호동까지 버스타고 가야만 했다.

이발 기구 도매상에서 이발 기계 두 개, 가위 두 개, 머리빗과 흰 커버를 사 들고 왔다.

우리 반 복도 끝 모퉁이를 포장으로 가렸다. 그곳에 무료 이발관을 차렸다.

이발사로는 상욱이와 명철이, 숙희, 영광이가 자원했다.

먼저 정 선생이 시범을 보였다. '사각사각' 머리 깎는 소리가 첫눈 밟는 소리로 들렸다.

네 명의 꼬마 이발사 눈망울이 빛났다.

점심시간이나 방과 후에 대여섯 명씩 이발을 해 주었다.

성급한 상욱은 쥐가 썰다 남은 머리처럼 깎아 놓았다. 머리카락이 이발 기계에 끼어 따갑게도 했다.

　날아라, 촌닭

사고 연발 문제아

초여름, 5·6학년 학생들 통일동산으로 송충 잡이 갔었다.

상욱이는 뱀을 잡아 칡넝쿨에 매달았다. 그 뱀을 여자아이들 모인 곳에 휘둘렀다.

놀란 아이들은 혼비백산 도망치기에 바빴다.

이 소동으로 인숙이가 넘어져 무릎이 까졌다. 학년 초, 담임에게 편지로 일러바친 분풀이였다.

하일동 판자촌 상욱이네 집을 방문했다. 집이라고 방 두 칸, 그 하나는 세를 주었다.

노동자로 보이는 남자와 주거니 받거니 소주를 마시고 있었다.

그의 어머니는 쉰을 바라보는데, 광대뼈가 나와 우락부락한 얼굴이다.

"새벽 5시에 나가 김을 매고 늦게 들어와도 일당 400원밖에 벌지 못항께로. 거시기 하니 어디 상욱이 돌볼 틈이 없지라."

연신 담배 연기를 뿜어대며 긴 한숨을 내쉰다. 담임 선생은 말했다.

"굶주린 배를 채우기보다 훨씬 힘든 게, 사랑의 허기를 채우는 일이지요. 고독한 상욱을 더 사랑해주세요."

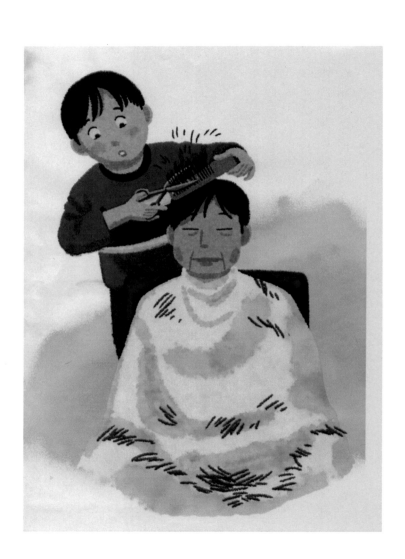

이발이 공짜야

어린이 상고머리가 유행이었다.

머리를 빡빡 깎아서 '까까중'이라고 놀려댄다. 이발소 타격이 컸다.

정 선생이 먼저 상고머리 깎는 법을 배웠다. 상욱이에게 실습을 시켰다.

"선생님 이발하세유?"

"그래, 네 솜씨 좀 보자."

앞 거울에 비친 상욱이의 눈은 빛났다. 침착하게 가위질하는 손놀림이 신명났다.

"자, 배우고자 하는 마음만 먹으면 안 되는 일 없어. 우리 더욱 힘내자!"

상욱이 전교생 모인 구령대 위에서 상고머리 깎는 시범을 멋지게 보여주었다.

아이들은 천둥소리 같은 손뼉을 쳤다.

"괜히 천호동까지 나가 80원 주고 이발했어. 학교 이발관은 공짜야 공짜!"

1층 현관 입구로 이사해, '싱글벙글 이발관'이라는 간판을 새로 달았다.

"정성을 다하자. 친절하자."라는 표어를 써서 거울에 붙여 놓았다.

　날아라, 촌닭

장물아비 정 선생

국어 시간이었다. 상욱은 책상 속에서 손장난을 치고 있다. 네모난 검은 플라스틱 통이다.

"이사 올 때 아베가 준 물건이란께로."

의심쩍어 정 선생은 퇴근길에 천호동 네거리 전자제품 상점에 들렀다.

"무엇에 쓰는 물건입니까?" 가게 주인은 우물쭈물 시간을 끌었다. 지프가 가게 앞에 멈추었다.

두 명의 건장한 가죽점퍼가 그의 손목에 수갑을 채우고, 강제로 차에 태웠다.

그길로 광진경찰서 505수사대로 끌려갔다. 형사는 으름장을 놨다.

"즉시 장물아비로 구속하겠소."

순식간에 죄인이 되고 말았다. 신장 버스 카세트 녹음기 스무 개, 도난당한 물건이라고 했다.

밤늦게 취조실에 있었다. 수사관이 타협조로 나왔다.

"수사비가 부족하니 밤참값 좀 주시오?"

이발관에서 봉사하는 영광이 아버지가 가나안농군학교 교목이었다. 그분이 보증 선다고 서장에게 전화했다. 정 선생은 밤늦게 풀려났다.

상욱이를 어떻게 한담. 터널 끝이 보이지 않는다. 그러나 포기하지 말자. 끝까지 품어보자!

어린이대공원 갈래!

시월 중순. 교육청 버스로 어린이대공원 가는 날이었다. 상욱이는 기분 좋게 집을 나섰다.

마침 볏단 싣고 가는 삼륜차에 껑충 올라탔다. 학교 반대 방향으로 돌았다.

당황하여 내리려는 찰라, 공중제비로 아스팔트 위에 떨어졌다.

정 선생은 교통순경이 알려준 천호동 외과병원으로 갔다. 상욱이는 의식을 잃고 축 늘어져 있다.

왼팔 골절에 뇌진탕이라고 한다. 정신이 들 것인지 기다려보아야 한다.

6학년 5반은 양호 선생이 인솔했다.

몸은 따스한 살 냄새가 나고, 피와 뼈와 눈물이 있다. 몸은 영혼을 담는 그릇이기도 하다. 몸은 선과 악을 지닌 신비한 복합체일 것이다. 몸! 우주를 축소한 말이다. 모든 생명은 한 탯줄로 이어진 한 몸이 아닐까? **가장 위대한 선물은 생명이다.**

무엇보다 수혈이 급하다고 했다. 상욱이의 피는 O형이었다.

같은 O형인 정 선생 피를 수혈했다. 정오가 넘어서야 숨을 길게 내쉬었다.

'정신이 드나보다.'

입을 쫑긋거렸다. 보리차를 수저로 떠 넣어주었다.

"나도 갈래. 어린이대공원 갈래."

상욱이는 헛소리를 했다.

그때 상욱이 엄마가 허둥지둥 응급실로 들어왔다.

"어린이대공원 보내달라고 하기시롱, 품삯을 아껴 새 옷도 입히고 김밥도 싸주었는디!"

소매로 눈물을 닦는다.

의사는 달랬다.

"빨리 나아야 어린이대공원 가지."

그러면 마지못해 주사를 맞곤 했다.

싱글벙글 이발사 상욱이가 교통사고로 입원했다는 소식이다.

전교 어린이회 임원이 모금에 나섰다.

너도 나도 한두 푼씩 모아 마련한 돈 7,000원과 쌀 다섯 말이었다.

선생님들도 3,000원을 내 입원비에 보태 쓰게 했다.

부디 헛되게 살지 말거라

　퇴원한 상욱이를 껴안아주었다. 포옹은 가슴을 맞대어 체온을 느끼고 숨소리를 나누는 것이다.

　"저, 도둑질도 하고, 애들 때렸어요."

　"괜찮아, 네가 다시 살아난 이유는, 앞으로 이 세상에 꼭 필요하기 때문이야. **부디 헛되게 살지 말거라.**"

　상욱이 손등으로 눈물을 닦았다. 용서와 이해, 사랑과 기대를 걸었다. 상욱이의 행동 그대로 인정하고 미래에 대한 믿음과 희망을 안겨주는 말을 했다.

　"하루하루 사는 게 정성껏 탑을 쌓는 것과 같단다. 삶이 아무리 험해도 살아있는 한 너의 앞날에 희망이 있단다."

　퇴원한 상욱, 행동이 달라졌다. 왼팔에 붕대를 감은 채 열심히 이발했다.

　『소년동아일보』에 「이발사가 된 상욱이」라는 제목으로 사연이 실렸다.

　"서울 구천학교(교장 이한영)에 '싱글벙글 이발관'이라는 무료 이발관이 생겼다. 오늘까지 618명이나 이발을 했다. 다른 선생님도 앞을 다투어 제자들의 머리를 깎아주고 있다. 이발관에는 6학년 5반 담임 선생님과 네 명의 어린이가 봉사하고 있다. 특기할 만한 사실은 말썽꾸러기 상욱이가 착한 사람 되어 열심히 일하고 있다는 사실이다."

무궁화 훈장

중학교 입학원서를 쓰기 시작했다. 상욱이는 가정 형편 때문에 진학을 못 하게 되었다.

정 선생은 황산 '정윤중학교' 설립자이신 정윤 할머니를 찾아갔다. 상욱이에 대해 설명했다.

"학교장 표창장 받은 모범생이라면 장학생으로 받아주겠다." 허락을 받았다.

"이 학교도 이발관이 있으니 봉사하면 어떻겠느냐?" 부탁했다.

눈 쌓인 운동장이 졸업식장이 되었다.

상욱은 아침 일찍 교무실로 정 선생을 찾아왔다.

"이거 달으세유."

색종이로 만든 무궁화 한 송이를 정 선생 가슴에 달아주었다.

종이꽃이지만 훈장 받은 것보다 더 기뻤다.

상욱이는 교육감 표창장을, 다른 세 명은 교장 표창장을 받았다.

그 아이는 정윤중학교에 장학생으로 진학하게 되었다.

그 후로, 중학교 이발관에서 봉사도 하면서 공부도 게을리하지 않는다는 소식을 들었다.

정 선생이 받은 최고의 선물은 **상욱이 생활에 변화를 일으켰다는 것이다.**

03

선생님이
되고 싶었던 아이

산수 0점에 뺨 맞고

국민학교 4학년 때, 진병호 선생님이 새로 오셨다.

첫날 산수 쪽지 시험에 정승수는 0점 받았다.

대여섯 불려나와 솥뚜껑만 한 손바닥으로 뺨을 맞았다.

불이 확 튀는 듯 아팠다. 눈물 '펑' 쏟아졌다.

"너희들 오늘부터 우리 집에 와 공부해라."

승수는 저녁 때 선생님 댁으로 갔다.

학교에서 엎어지면 코 닿을 정도인, 바로 다리 건너 기와집이다. 뒤에는 맹꽁이 우는 연못이 있었다.

몰랐던 구구단 "육육은 삼십육, 칠칠은 사십구, 팔팔은 육십사, 구구 팔십일." 열한 개만 외면 간단했다.

산수가 재미있다. 복잡한 분수 문제도 척척 풀었다. 정답 맞힐 때는 기분 상쾌했다.

진 선생님은 대장암으로 병이 깊었다. 뼈대만 앙상한 다리를 정성껏 안마 해드렸다.

승수는 성적이 향상되어 6학년에서 상위권에 들었다. 경쟁이 심한 춘천사범병설중학교에 합격했다.

가파도의 강태공

선생님이 되고 싶었던 아이

6·25 전쟁 후 효자동 반도제지 공장 건물 흙바닥에 널빤지 의자 만들어 무릎 책상으로 공부했다.

선생님 되고 싶어 승수는 사범학교로 진학했다.

당장 입학금이 없다. 한 달 안에 내겠다고 분교장 박태원 선생님께 사정했다.

독촉이 심했다. 이를 눈치챈 사랑방 이 대위가 방세를 선불해주었다.

석사동 본교로 이사했다. 본관 3층 벽돌 건물은 폭격으로 전소됐다. 미 공병대가 지어지기 시작했다. 오뉴월에 천막 치고 공부했다. 찜통더위에 당번을 정해 양동이 물을 천막 위에 뿌렸다.

오후엔 포탄으로 파헤쳐진 운동장 메우기 작업을 했다.

점심 굶어가며 6교시 후 작업 마치고, 8킬로미터가 넘는 집까지 걸어오면 파김치가 되었다.

'대동 버스'라는 별명 가진 김용주 역사 선생님이 졸업 전에 당부하는 말, 그 하나는 **돈**이요, 둘째 **술**이요, 끝으로 **여자**라고 한다.

사회에 나가 이 세 가지만 실수하지 않으면 성공한다고 했다.

정승수는 열심히 학교 다녀 3개년 개근상을 받았다.

광주리 장사 하는 어머니.

첫 발령지 두메 학교

4월 초순, 졸업생 200여 명 중 성적순으로 120명 발령 났다.

새로운 삶을 꿈꾸는 희망의 여정이 시작되었다. 스승의 첫걸음을 내디딘 것이다.

영광된 출발을 하기까지, 홀어머니가 하숙 손님을 쳤다. 새벽같이 일어나 광주리 장사며, 몰래 밀주密酒 팔아 간신히 졸업시켰다. '어머니의 눈물이 없었던들 선생이 되었겠어요.'

"내 아들, 선생님 됐구나!"

승수 손 꼭 잡고 눈물을 글썽이셨다.

생활은 고통스러웠지만 그 열매는 달다. '지성이면 감천'이라고 했던가? 어머니 정성과 승수의 노력으로 드디어 아이들 가르치는 선생님 되었다.

창촌국민학교는, 홍천읍에서 동쪽 태백산맥 속 160리 길, '어떤 어린이가 기다리고 있을까?' 낡은 짐차에 몸 실었다. 선생이란 처음 경험해야 할 신비의 세계다. 알지 못하는 산촌, 낯설고 산설은 산골 어린이 찾아가는 그의 심정은 불안하기도 하고 한편 기대에 부풀기도 한 채로, 희망찬 첫걸음을 내디뎠다.

예쁜 꽃으로 피어나라

해발 600여 미터나 되는 고원지대라 여름에 모기가 없다.

목욕탕 없는 산골, 4학년 아이들은 두꺼비 등처럼 손등이 트고, 국숫발 콧물을 흘렸다.

두서너 명씩 숙직실 더운물로 손을 씻겨주었다. 크림 발라주니 갓 나온 나뭇잎으로 야들야들한 손이다. 나는 선생이다. 아이들을 키워내고 이끌어주는 일에 사랑보다 더한 마법은 없으리.

> 까만 씨알들 / 꿈꾼다 / 화단에 심었다 / 비 온 후 한 뼘이나 자랐다 / 계절 따라 파란색 빨간색 보라색 흰색 / 다양한 색으로 피어나는 꽃 / 아이들아! 예쁜 꽃으로 피어나라

"이가 썩으면 소화 안 되지요. 튼튼한 이는 건강한 몸 만들어요."

교실 뒷벽에 칫솔 걸어두고, 하교 시간 전에 모두 '치카치카' 이 닦기 시작했다.

치약이 없어 굵은 소금을 잘게 빻아 썼다. 잇몸에서 피가 나고 쓰라리다고 했다.

"이 닦은 후 거울 보고 웃어봐! 하얀 이도 하하하, 호호호, 웃어요."

사랑보다 더 큰 선물은 없다. 사랑과 관심, 배려와 온화함으로 타이른다면, 자라나는 아이들은 정서적으로 안정되어 무한한 잠재력과 가능성으로 성장하리라.

날아라, 촌닭

면장님 딸은 말상

면장 댁 사랑방 얻어 어머니를 모셔왔다.

첫 월급으로 2,700환과 보리쌀 세 말. 어머니는 첫 월급봉투 가슴에 안아보셨다.

면장 부인은 메밀전병이며 잣죽, 감자떡과 올챙이국수로 산촌 별식 나누어 먹었다.

옥양목으로 정 선생 노타이셔츠 만들어 선물했다.

맏딸 선희는 18세로 막 피어나는 봉선화 같았다. 얼굴은 말머리처럼 길어 말상이다.

정 선생은 그녀와 텃밭에 감자를 캤다. 흙 속에서 몽실몽실 흰 감자가 쏙쏙 나오는 것이 놀라웠다.

땔나무도 함께 해왔다. 누이동생처럼 귀여워했고 선희도 잘 따랐다.

정 선생은 셋째 딸 필레 담임이었고, 면장은 본교 육성회장이었다.

정 선생 부임 축하연 한다고 내린천으로 오란다. 벚꽃 흐드러지게 핀 개울가에 교직원 다 모였다.

김이 무럭무럭 나는 고깃덩이가 쟁반에 담겨 나왔다. 개고기는 면장 댁에서 기르던 진돗개다.

퇴근하면 문밖에 기다렸다가 꼬리 치며 따라오던 귀여운 살살이었다.

그 모습 눈에 아른거렸다. 비위가 상해 고기가 입으로 들어가지 않았다.

멀리 찬 만큼 기쁨도 크단다.

기쁨 속에 희망을

병근이 내리 이틀 결석을 해 가정방문 갔다. 굴속 같은 숯가마 속에서 병근아버지 일하고 있다.

'그 애는 산속에서 해방된 기분으로 노루마냥 겅중겅중 뛰어 다니겠지?'

장날 축구공을 사왔다. 쉬는 시간에 공 차게 했다. 즐거운 놀이다. 공부로부터 해방되어 새로운 흥미를 가지고 노는 낯설고 신기한 시간이었다.

"신나요. 공부하는 건 싫지만 친구들과 공 차는 시간이 즐거워요."

병근이는 열심히 공을 따라다녔다. 헌 검정 고무신은 벌름벌름 엄지발가락 쏙 나왔다.

정 선생은 새 운동화 사서 편지와 책상 서랍 속에 넣어 주었다.

"병근아! 운동화 신고 공 차보렴. 멀리 간 만큼 기쁨도 크단다. 그 기쁨 속에 희망을 가져다오."

병근이는 새 신 신고 신바람 나게 뛰어다녔다.

체육부장 병근이 구령대 위에서 "앞으로나란히" 구령 부르고 있다.

"아— 이 녀석이 구령 부른다고 어찌나 자랑 하는지유…!"

병근 아버지는 구령대 위로 올라와서 정 선생 손 덥석 잡았다. 구령대 옆에 숯 한 섬 놓고 갔다.

홍천 창촌, 석화산 단풍

석화산 소녀

어느덧 여름방학을 맞이했다. 정 선생은 적적하고 심심하여 창촌교회에 나가 보았다. 주일예배가 끝났다. 처음 보는 여학생 수줍은 듯 웃음 지으며, 그에게 다가와 인사했다.

"만나서 반가워요." 답례했다. 그의 반 반장인 종수 누나 정원이었다. 강릉여고 졸업반이란다. 샛별처럼 반짝이는 눈과 종각처럼 오똑한 코는 영리해 보였다. 도라지꽃같이 청순했다.

아이들 재잘대는 운동장 지나 빨간 가방 멘 집배원이 정 선생에게 편지 한 통 주고 갔다.

편지는 활짝 흰 등 밝혔다. 까만 눈동자 굴려, 철길 따라가듯 예쁜 글씨 따라 읽어 내려갔다.

'문화 수준 낮은 두메 사람 구해줄 분은 선생님이십니다. **교육의 힘으로 깨우친다면, 가난한 농촌이 잘사는 동네로 변화되리라 믿습니다.**'

정다운 속삭임이 마음속에 가득 찼다. 움직이는 글씨 속에 정원이 얼굴 떠올랐다. 반가운 소식 담긴 편지는 언제 받아도 즐겁다. 편지는 사람과 사람을 이어 주는 따뜻한 마음의 다리다.

가르치는 일, 얼마나 귀중한가 새삼 알게 되었다. 선생은 귀한 이름이란 자존감이 생겼다.

　날아라, 촌닭

가을 운동회

정문 아치 청솔가지로 엮고, 말끔히 청소한 운동장 가로 천막 서너 개 쳐 놓았다. 만국기 형형색색 산골짝 하늘 가득 펄럭였다. 돼지 잡고 막걸리 들어오니 동네잔치 열렸다.

"청군 이겨라!", "백군 이겨라!"

응원 깃발 아래 아이들 나비처럼 춤춘다. 신바람 난 선수 젖 먹은 힘 다해 뛰고 뛰었다.

100미터 달리기와 손님 찾기, 부채춤과 기마전으로 이어졌다.

정 선생은 5, 6학년 남자아이들 기계체조를 발표했다. 호루라기 소리에 부채 모양과 탑 쌓기, 물구나무서기와 다리 만들기 등 다채로운 재주를 선보였다. 구경꾼들 손바닥이 부서져라 박수쳤다.

창촌 농악대 등장. '깽마강 깽마강… 둥더쿵 둥더쿵… 릴리리 릴리리….'

외마치장단 소리 드높게, 고깔 쓴 농악대 덩실덩실 춤추며 들어왔다.

학부모들도 촛불 들고 뛰기, 바늘귀 꿰기와, 줄다리기에 이어 동네 대항 계주다.

선두로 달리던 선수 한복 바지춤이 흘러내렸다.

"아이쿠— 밑천이 덜렁 드러났네!"

아낙네들 눈 가리고, 관중들 사이에서 웃음 터져 나왔다.

날아라, 촌닭

눈빛 불타는 단풍

청명한 가을, 정원이와 석화산 등산 갔다네. 밤새 누가 뿌려놓았을까? 영롱한 오색 물감을….

향기롭고 달콤한 형형색색의 단풍잎은 우리를 유혹하고 있었네.

오솔길 지나 돌밭길 들어서니, 나지막한 산도 나름대로 비탈길 품고 있었지.

산 오르면서 마음은 온통 정원이에게 가 있었어. 관심은 지켜보는 것, 바라만 보아도 행복하기에 모든 것을 다 해주고 싶었네.

그대 눈빛 불타는 단풍 / 뜨거운 불길로 내 심장 타오르네 / 황홀한 눈빛 사랑한다는 신호 / 그 신호로 생명을 교감하네 / 멈출 수 없는 눈길 / 온몸 신열로 빨갛게 타들어가지 / 눈빛 속에 진실이 있어 행복으로 피어나는 그대 / 우리 사랑은 단풍으로 물들어가네

승수는 단풍 속 정원이를 보니, 가을바람처럼 마음 흔들렸지. 오색 물든 산자락, 처연한 가을바람에 물든 단풍. 몸을 번쩍 일으켜 의연히 솟아, 운무에 묻혀 가물가물 사라지는 산줄기, 수많은 산봉우리를 만들며 파도처럼 출렁거렸네. 그대와 함께라면 쓸쓸한 산속에서도 이렇게 즐겁고 행복해. 멀리 태백산맥 너머 동해를 바라보니, 우리 미래가 훤히 펼쳐 있구먼.

선생님이 되고 싶었던 아이

국수 먹여주면 어때?

"한집에서 국수 먹여주면 어때?

조인화 교장이 불쑥 내던진 말이다. 우스갯소리로 넘겼다.

그가 아무 반응 보이지 않자, 교장실로 불러들였다.

그 싫은 이유가 뭐냐 다그쳤다.

정 선생은 난처했다. 문득 지나가는 말로 한마디 한 어머니 생각이 났다.

"글쎄요, 얼굴이 말상이어서요."

이 순간만 면해보려고 불쑥 던진 말이었다. 교장 얼굴 흑색으로 확 변했다.

'아차! 실수했구나.' 뱉은 말 도로 주워 담을 수 없다.

피차 마음을 읽지 못했다. 소통에서 가장 중요한 건 상대가 말하지 않은 걸 듣는 것이다.

홍천 출신인 이재학 국회부의장이 김 면장의 후견인이다. 그 셋줄로 목상을 하고 있다.

이런 분의 사위가 된다면 분에 넘치는 호사다.

그러나 **재산 보고 결혼하면 불행할 뿐이다.**

1957. 3. 오른쪽 끝이 필자다.

교사에 임함 정승수 鄭承壽

蒼村 창촌 元北分敎場 구니 학교근무를 명함

단기 四千二百八十九년 四월 一일

강원도지사

너와 교실 짓다

힘없는 자의 슬픔

이듬해 봄, 정승수는 원자분교장으로 좌천됐다. 장바닥 소문은 면장 청혼 거절해 쫓겨 간다고 수군거렸다. 억약부강抑弱扶强이라 했던가? 조 교장은 인사권을 남용했다.

정 선생은 억울했다. 그래서 두 주먹 불끈 쥐었다. 교장 책상이라도 둘러엎고 싶은 심정이다.

힘없는 자의 슬픔은 이런 것인가? 삶은 고통이고 생존은 고통에서 교훈을 얻는 것일까? 고난은 인간을 완성하기도 하고 망가뜨리기도 한다.

화를 참자! 화는 화약고에 불을 댕기듯 온몸 폭발할 것이다.
억울한 일 당했어도 행동으로 옮기지 말자.
흙탕물이 차차 가라앉듯이 참으면 스스로 분이 풀리겠지.
화내면 감정이 격해 실수하기 쉽다. 분노가 새 힘을 만들어줄 것이다.

절망케 한 발령장, 두려워하지 말자. 꼼짝 않는 저 절벽 너머에 희망 있으리라.
험한 기슭에 꽃 피우길 두려워하지 않는 꽃처럼.
산맥 앞에서도 눈보라 앞에서도 끝내 멈추지 않고 전진하리라.

힘내세요! 고난 속에 뜻 있어요

"힘내세요! 고난 속에 뜻 있어요. 아픈 상처 바라보면 보석 같은 청춘 있어요."

정원이 찾아왔다. '힘들지 않아서가 아니라 힘들어도 참는 거야. 네가 좋아서.'

정 선생에게 가장 필요한 것은 그를 감싸 안아줄 따듯한 말 한마디, 북돋아줄 용기, 한 방울의 뜨거운 눈물이었다.

고난은 어떤 사람은 망가뜨리지만, 어떤 사람은 승화시킨다. 희망을 갖고 부단히 노력하는 사람은 어떤 도끼도 찍어 넘기지 못하리라. 마침내 상처를 극복하고 승리하리라.

둘이서 눈길을 걸었다. 어느새 바람은 구름 걷어 가고 앙상한 돌배나무 가지에 버선달 걸렸다.

달빛에 반사된 산과 들은 한 폭의 동양화다.

"선생님, 누가 선생님 말만 하면 얼굴 빨개져요."

"우리 만남은 첫눈 내린 석화산 같이 순결하고, 흐르는 내린천 처럼 영원할 것이오."

그는 시인처럼 말했다.

우리 만나 기분 좋은 날, 세상이 모두 내 것처럼 평화롭고 행복했다. 세상이 괴롭더라도 나보다 너를 기쁘게 하는 마음으로 살 수 있다면 우리 만남은 언제나 기분 좋은 날이다.

힘은 아는 데서 나온다

교실은 낡아 어둡고 눅눅하다. 깨진 창문 창호지로 발랐다.
검게 그슬린 교실 벽에 회칠하니, 시골 아낙네 분 발랐다.
깨진 독처럼 새는 초가지붕은 학부모의 도움으로 손질했다.

개학 첫날을 맞이했다.
'정성 다 쏟아보자'고 스스로 다짐하면서 종 줄을 힘껏 잡아당겼다.
'땡— 땡— 땡—'
  모이 보고 모여드는 병아리 떼처럼, 운동장 가운데로 옹기종기 아이
들 모여들었다.
  마흔두 명 가운데 내복 없이 홑저고리만 입은 아이, 맨발에 검정 고
무신 신고 있는 아이도 있었다.

"만나서 반가워요. 가난한 산골 부자 동네로 만듭시다. 그러자면 힘
이 필요해요. **힘은 아는 데서 나옵니다.** 부자가 되려면 열심히 공부합
시다."

  네 개 학년을 혼자 담당했다. 같은 과목 10분씩, 학년을 돌아가면서
가르쳤다. 4학년은 1학년 돌보도록 옆에 앉혔다. 가르치고 사무 보고
허드렛일까지 전달부 없는 하루가 짧았다.

하늘 아래 첫 동네

계방산 위에 하늘 있다
하늘 아래 첫 동네
첫 동네 낡은 교회
마룻바닥에 내가 엎드려 있다

나는 빈손으로 사랑했다
가난한 마음으로 사랑했다
허허벌판에 앉아
빈손으로 기도했다

파올로와 프란체스카*가 허공
떠돌듯
그대 사랑하는 것이 너무 힘들어
잊게 해달라고 기도했다

사랑은 고요한 수면과 같지 않다. 눈에는 눈물, 이 가슴엔 생기 가득한 피가 솟구친다. 기회는 한 번만 노크할 수도 있지만, 유혹은 계속해서 초인종을 누르고 있다. 그의 눈에는 정원이 얼굴만 어른거려 몹시 괴롭다. 불교에서 말하는 의마심원意馬心猿에 빠졌다.

---

* 지옥에서 단테에게 나타난 파올로와 프란체스카.

꿈꾸는 햇병아리

놀던 아이들 다 돌아간 뒤, 텅 빈 운동장을 내다보았다. 뻐꾸기 울음 산 넘어 간다.

산그늘 개울 건네듯 외롭고 쓸쓸했다. 좌천된 일 생각하니, 죽비로 어깨 맞은 듯 정신 번쩍 났다. 된서리에 들풀처럼 힘없이 쓰러질 것인가? 발길로 차여 쓰러지고 쓰러져도 굳세게 버티고 살아온 청춘이다. 변화의 물꼬를 터야 하는 건 퍽 겁나는 일이다. 그런데 그보다 훨씬 더 무서운 건 변화하지 않은 걸 뒤 늦게 후회하는 삶이다.

절망의 끝자락에 희망이 보석처럼 매달려있다. 희망은 희망을 갖는 사람에게만 존재한다.

'고등고시 한번 시작하자.' 무엇이든 붙들어야 치솟는 분노에 위안이 될 것만 같아서였다.

여름방학에 교사 출신인 김이조 판사를 찾아갔다. 그분은 이북에서 단신 월남했다. 검정고시와 준교사 시험보아 초등교사가 되었다.

부산 피난시절 고등고시에 합격해 춘천법원으로 첫 부임했다. 금언을 주셨다.

"힘없는 정의는 무력無力이며, 정의 없는 힘은 폭력暴力이다."

춘천고등학교 박용식 선생님 뵈었다. 풍채 좋으시고 검사 타입이었다. 이분은 보통고시와 중등교사시험에 합격해 자력갱생自力更生의 모범을 보이셨다.

"야망을 갖고 꿈꾸어라. 호랑이를 그리다가 고양이를 그려도 좋다."

고등고시에 낙방하다

아이들 다 간 오후, 흑판에 헌법 전문을 외워 써내려갔다. '유구한 역사와 전통에 빛나는….'

돈키호테가 말 타고 풍차를 향해 달려 나가듯 소리 내어 외울 때면 신났다.

국사는 이럭저럭 이해가 된다. 그러나 형법, 민법은 한문 어휘 자체를 이해하지 못했다.

겨울방학에 서울 성균관대학교에서 고등고시 예비시험을 보게 되었다.

드디어 시험 시작종이 울렸다. 국사 문제는 자신이 있었다. 형법 민법 같은 전문 법은 변변히 공부하지 못해 백지를 내다시피 했다.

한번 실패했다고 인생이 끝나는 것이 아니다. 포기하지 않는 한 기회는 또 찾아온다. 최후의 승자는 한 번도 넘어지지 않는 사람이 아니라, 넘어질 때마다 다시 일어나는 사람이다.

내 인생에 포기란 없다. 희망에게는 아름다운 딸이 둘 있다. 그들의 이름은 분노와 용기다.

실패는 성공보다 오히려 값진 보배가 되었다. 실패는 더 넓고 깊은 세상 보는 눈을 뜨게 했다. 다시 도전하자! 상실과 절망의 상태에서도 실망하지 않고 꿈과 희망을 갖는다면, 언젠가 반드시 그 열매를 얻게 될 것이다. **최선을 다할 때 하나님도 그 끝자락에서 도와주실 것이다.**

인사하러 왔수다!

인사하러 왔수다!

이곳 자운리는 경찰지서가 없다. 면 소재지와 멀어 법이 미치지 못하는 사각지대다.

6·25 전쟁 직후라 돈 뜯어내는 상이군인이 있었다. 이 건달패가 교실에 돌을 던졌다.

정 선생은 밖으로 나갔다. 노 상사가 선두로 세 명 그를 둘러쌌다. 술 냄새가 확 풍겼다.

"새로 오셨다기에 인사하려 왔수다! 어쩔 거요?"

노 상사는 눈 부릅뜨고 으름장 놓았다. 부임 신고식으로 술값을 내란다. 그의 훤칠한 장골은 임꺽정 닮았다. 한 사람은 왼쪽 다리 잃고 목발을 짚었다.

그 옆은 오른 팔 갈퀴손이다. 모두 낡은 군복에 훈장을 덜렁 달았다.

용기는, 두려운데도 물러서지 않고 나가는 능력이다.

"정수 아버지! 이 학교는 여러분의 학교입니다. 나는 어린이들 바르게 키우려고 온 것이고요. 이러시면 자라나는 어린이들 누가 가르칩니까?"

노 상사의 눈을 똑바로 보며 말했다.

그는 아들 이름 듣는 순간 들었던 돌을 오른손으로 갈마쥐며, 힘껏 운동장 밖으로 내던졌다.

"제기랄! 애가 4학년이 되도록 까막눈인데, 그런 학교가 무슨 소용 있어…?"

까막눈에 햇살을

노 상사가 말한 까막눈이란 말이 마음에 걸렸다.

까막눈에는 두 가지 뜻이 있다. 순수한 모습의 맑은 눈동자와 글자를 모르는 사람의 눈이다.

정수는 4학년이 되도록 한글 읽지 못하는 까막눈이었다.

조사해보니 정수뿐만 아니라 3, 4학년 절반가량 문맹자였다.

이는 모두 학교 책임이다. 어떻게 가르쳐야 글을 빨리 깨우치게 될까?

정 선생에게는 이 문제가 급히 해결할 과제였다.

어느 영화 장면이 떠올랐다.

의사가 벙어리 소녀에게 손짓과 표정으로 글 가르치는 방법이다.

"옳거니!"

정 선생은 무릎을 쳤다.

'우리 아이들은 말 듣고 할 줄 아니까 빨리 글을 익일 수 있으리라.'

며칠 궁리한 끝에 한글 교본을 만들었다. 지면 관계상 몇 가지만 소개한다.

'너와 나의 나'

'다리미 다'

'라디오 라'

'가위 가'

'바가지 바'

'사람 사'

'아가 아'

'마루 마'

'자전거 자'

가나, 나라, 가다, 사자, 아가, 가자, 다나가자

'가'는 가위바위보 할 때 엄지와 검지 펴면서 '가위 가'
'나'는 너와 나 할 때, 팔 굽히면서 '너와 나의 나'
'다'는 다리미질하는 흉내 내며 '다리미 다'
'라'는 라디오 스위치를 켜는 흉내 내면서 '라디오 라'
'마'는 마루 네모난 모양을 그리면서 '마루 마'
'바'는 바가지 속에 물 담긴 손바닥 모양으로 '바가지 바'
'사'는 한문자의 사람 人을 검지와 중지로 짚으며 '사람 사'
'아'는 아가의 둥근 얼굴 그리며 '아가 아'
'자'는 자전거 타는 흉내 내며 '자전거 자'

카드로 낱말 만들기를 했다.
'나가', '나라', '가다', '사자', '아가', '가자', '다 나가자'
모음과 쌍받침, 중모음도 손동작으로 가르쳤다.

쉬운 그림책을 소리 내어 읽혔다朗讀.
눈동자를 옆으로 굴려 한 낱말씩 읽도록 했다.
처음에 입술로 읽다가脣讀, 입 다물고 눈으로 읽기도黙讀 했다.

동화책을 읽혔다. 독서는 상상력을 일으킨다. 느낌을 말하게 했다. 독서는 감동하여 기억 속에 오래 남았다. 좋은 책은 영혼의 길잡이니 책 속에 길이 있다. 책은 우리 내면의 언 바다를 깨는 도끼(창의력과 감성을 북돋는 말의 은유)가 돼야 한다. 책 안 읽는 것은 나쁜 범죄다.

요즘 핸드폰만 보는 어린이들에게 책 속에 길이 있고 책 속에 지혜와 영감이 들어있다고 강권해야 한다.

그림일기를 썼다. 그날의 인상 깊었던 일, 한 가지 골랐다, 그 옆에 그림을 그렸다. 관찰력을 길렀다. 일기 쓰기 시작하면서 꽃도 자세히 보고, 개울물 소리도 주의 깊게 들었다. 문장을 고쳐주면서 칭찬해주었다. **칭찬은 잘하라는 격려가 되고, 행동으로 옮기는 힘이 되었다.**

지식은 어떤 의미인가? 지식은 정신, 지혜, 용기, 빛, 소리다. 지식이 선생님이다.

너희들 옆구리에 날개를 달자. 꿈의 날개를, 날개를 단단히 달고 창공을 날아보자. 꿈을 잃으면 날개가 부러져 날지 못하는 새와 같단다.

> 사랑하는 아이들아! / 산양이 산등 타고 넘듯 / 선생님 등을 타고 넘어라 / 등 너머엔 넓은 세계가 있단다 / 네게 자유롭게 날 수 있게 지식으로 만든 날개를 달아주마, **희망과 노력, 열정** 있다면 / 정금 같은 성공 얻으리라

원자분교장과 어린이들
1957년 여름방학, 맨 오른쪽은 필자, 맨 왼쪽은 친구 황석호

너와교실 짓다

학부형 뜻을 모아 새 교실 짓기로 했다.

허드렛일은 기성회에서 맡고 교육청 예산은 정 선생이 신청했다.

교육청에서 회답이 왔다. 금년 사업에 없는 예산이라, 스스로 짓겠다면 승인하겠다는 내용이다.

맨주먹으로 어떻게 교실을 짓는담? 고민 끝에 좋은 생각 떠올랐다.

노 상사와 피나무골 산판으로 갔다. 트럭 앞바퀴에 피대 걸고, 제재를 하고 있었다.

"새 교실 지으려는데 목재 구하려 왔습니다."

노 상사가 말문을 열었다, 매부리코 지목상은 화통했다. 선뜻,

"기둥감 스무 개, 그리고 서까래 서른 개 기부하겠소."

이런 방법으로 두서너 산판 돌아다니며, 목재를 구했다.

낡은 교실 헐었다. 일에 동원된 일꾼들은 황소처럼 일해 하루 만에 땅고르기가 끝났다.

공사 시작한 지 두 달 만에, 대들보 올라가는 상량식을 가졌다. 김 면장과 조 교장이 참석했다. 조 교장은 대들보에 상량문을 썼다. 좌에는 '용龍'을, 중간에 '개공대길開工大吉', 우에는 '귀龜' 자를 써넣었다.

기둥 세우고 머리에 보를 결합시켜 대들보 얹었다.

광목 한끝을 대들보에 감아올리니, 선녀가 하늘로 올라가는 듯했다. 대목은 수고한 보답으로 광목과 부주 돈 가져갔다.

지붕 덮을 전나무 베러 갔다. 계방산 골짜기 산새도 울지 않는 괴괴함에 뼈가 시려왔다.

백수지난 아름드리 전나무를 골랐다. 땅에서 하늘로 올라가는 통로처럼 보였다.

"고목나무가 되기보다 교실 지붕 되어다오. 너와 지붕으로 낮에는 아이들 글 읽는 소리 듣고, 밤에는 총총히 뜬 별들과 이야기해보렴."

서슬 퍼런 톱으로 두 장정이 번갈아 나무 베는 소리에, 쩌렁쩌렁 산이 울었다.

나무를 60센티미터씩 토막 냈다. 도끼로 동맥인 결을 찾아 쪼갰다. 그 나무로 지붕 올렸다.

드디어 정규 교실 두 칸에 교무실과 사택까지 구색을 가춘 아담한 한옥 교사로 이사했다.

모두 힘을 합하면 못 할 일 없다. 우리는 해냈다. 비로소 실감 났다.

> 은하수 쏟아지는 산골짝 너와 지붕 / 창문엔 손기척하는 바람소리 /
> 부엉부엉 구슬픈 소리에 / 그대 얼굴 그립다

고중유락苦中有樂**이라더니, 힘들고 괴로움 가운데 즐거움 있었다.**

날아라, 촌닭

겨울밤 송별회

정 선생, 군 입대 하라는 영장 나왔다. 새로운 세계가 열리는 신호탄이다. 삼거리 주막은 안방과 부엌이 터져있는 함경도식 토방이다.

뜨거운 물 온천처럼 끓는 가마솥 위에 국수틀 앉혔다. 두 남정이 지렛대를 천천히 눌렀다.

이내 메밀 반죽이 분틀 타고 희끄무레하고 부드럽고, 수수하고 심심한 것이, 머리 풀어헤친 여인처럼, 국숫발이 서서히 뜨거운 물속으로 들어갔다. 메밀발 '탱탱' 냉탕에서 몇 번이고 씻어냈다.

도란도란 이야기꽃 한창이다. 얼음 서걱서걱 씹히는 갓김치 국물에 메밀국수 말았다. 꿩고기 고명 얹고 '후루룩' 들이마셨다. 팥빙수 맛보다 짜릿함에 등짝은 오싹!

찬바람에 수숫대 떨듯 흔들리는 몸에 뜨거운 육수 마시니 화끈! 냉탕에서 온탕으로 옮겨온 듯 온몸 녹신거렸다. 담배 연기 자욱한 김 속에, 절절 끓는 아랫목 익은 궁둥이를 들썩거렸다.

깊어가는 겨울밤 송별회는 무르익어갔다. 이 순박한 산골사람들과 살뜰하니 친한 정은 무엇인가? 노루 가족 산 넘어가도록 도란도란 이야기 길 끝이 없다.

내일이면 정든 이 고장 떠난다. 울면서 들어온 분교장이지만 보람 있는 곳이기도 하다.

나뭇가지 위에 파랑새 노래하고, 정 선생 앞날에 좋은 일 상징하는 동백꽃 피었다.

드디어 해 뜰 참에 헤어질 시간이 왔다.

정수는 정 선생 저고리 잡고 울었다.

"가지 말아유, 선상님! 우리와 같이 살면 안 돼유?"

"더 훌륭한 선생님 오셔서 가르쳐주실 거야. 모두 튼실하게 자라거라. 열심히 공부하여 **쓸모 있는 사람 돼야 해**. 모르면 아무것도 못 해. 이것은 너희와 나의 약속이야."

목메어 말끝을 맺지 못했다.

낯익은 학부모와 어린이 얼굴, 눈물에 가려 제대로 보이질 않았다.

한사코 정 선생 봇짐지고 앞서가는 노 상사 뒷모습은 믿음직스럽다.

밤새 도둑눈이 사르륵 내렸다. 버스 정류장으로 가는 길 온 천지가 은빛 세상이다.

아무도 밟지 않는 하얀 길이 정 선생 앞날을 축복해주는 듯했다. 눈 밟는 소리가 사각사각 청무 깨무는 소리로 들렸다.

"노 상사님, 매일 웃고 생각하고 감동해서 산다면 정말 보람된 날이겠어요."

"그래요. 산촌에서도 보람 있는 일들이 많아요."

숫눈길에 하얀 발자국 남기며 산모퉁이 돌아가는 일행, 그들의 얼굴에 아침 햇살 비추어 주었다.

돈과 우정

논산 육군훈련소

밤 기차로 논산 육군훈련소에 입대했다. 섣달 중순이라 눈 많고 추운 계절이었다.

정원이가 결혼했다는 뜬소문 들었다.

칼바람에 귓불 떼어갈 듯 꽁꽁 얼어붙던 날 / 나는 논산훈련소에서 등뼈 휘도록 훈련받고 / 너는 황금 따라 푸른 꿈 찾아 갔구나 / 그까짓 것, 세상에 여자가 너 하나뿐이냐고 / 겉으로는 굳센 척했지만 / 눈보라 치는 동산에 올라가 / 네 이름 / 목이 터지도록 부르다가 / 함박눈 속에 / 네 이름 묻고 / 내 사랑도 묻고 / 빈 몸으로 휘청거리며 / 길 잃은 사슴처럼 / 길 잃고 말았다

복수는 내 손이 아닌 하나님 손에 달린 일이다. 마음의 깊은 상처! 상처는 눈물로 아물지 않는다. 상처를 치료해주는 것은 시간뿐. 상처의 순간은 아프고 쓰라리다. 모든 걸 시간에 맡기고 훌훌 털고 다시 일어나 꿋꿋이 걸어가자. 어느덧 상처는 불행의 흔적이 아니라 행복의 꽃으로 피어나리. 운명의 횡포 앞에 굴하지 말자. 위기는 기회를 만든다.

서울서 운송업을 한다는 남편과는 16년 나이 차이가 났다. 그보다 재취로 사랑 없는 결혼을 생각했다면 정원이는 똑똑한 바보 애인이었다. 믿음의 눈을 잃어버리고, 탐욕에 눈멀었다.

그 파란 물 눈에 보이네

2개월간 훈련받고, 노예 팔려가듯 이름 부르는 대로 각 부대로 흩어져 갔다.

"정승수, 육군군의학교!"

마산으로 가는 열차를 탔다. '내 고향 남쪽 바다 그 파란 물 눈에 보이네….'

바다를 처음 보니 이은상 시인이 지은 노래가 저절로 나왔다.

군의학교는 가포해수욕장 근처에 있었다.

바다에서 부는 봄바람이 몸속으로 스몄다. 막사는 천막이라 공기가 찼다. 그곳에서 박해영이라는 친구와 정들었다. 한 침대에서 살을 맞대고 자니 따뜻했다. 부둥켜안고 입술도 스쳤다.

3개월간 외과기술하사관 수료 후, 부대 배치받으려고 광장에 모였다.

그 친구는 미리 손써 대전 육군병원으로 가게 되었다. 그와 기약 없이 헤어진다.

친구는 정 이병 손에 5만 환을 꼭 쥐어 주었다.

사랑을 나누어 주는 기쁨, 그것을 실천한 사람만이 받을 수 있는 선물이다.

　날아라, 촌닭

손써보았니?

저절로 춘천 3보충대로 왔다.

화천이나 양구 휴전선에 배치되면 겨울엔 땔나무 해오기 눈 치우기로 손발에 동상 걸린다고 모두 기피하고 있었다.

정 이병은 뒷배가 없다. 함께 훈련받은 부자 친구 백 이병을 꾀어냈다.

"손써보았니?"

"어디로 날지 걱정이야."

"3보충대에 잘 아는 친구가 있어. 두 장이면 춘천에 떨어진대."

다음 날 그 친구는 2000만 환을 들고 왔다.

3보충대 기관사병 김 일병에게 그 돈을 전달하면서 정승수 이름도 슬쩍 끼워 넣었다.

거리낌 없이 깨끗한 양심은 푹신한 베개와 같다. 정 이병은 몇 날 선잠을 잤다.

백 이병은 2군단 병기보급기지창으로, 정 이병은 춘천 삼천리 제1의무대대에 배치되었다.

날아라, 촌닭

코스모스 춤추는 길

드디어 4월 말 춘성군 남산국민학교로 복직 발령이 났다. 강촌역에서 4킬로미터 정도 걸어가는 면 소재지 학교였다. 모두 여섯 학급인데 4학년이 담임 없는 문제 학급으로 비어 있었다.

남녀 혼합반으로 예순네 명이었다. 수업 시간에 싸움판이 벌어지기도 하고 쌍소리를 해댔다. 동그란 엽전 크기의 카드를 만들었다. 1인당 다섯 장씩 나누어주었다. 싸우거나 쌍소리 하면 한 장 빼앗기로 했다. 금요일 어린이 회의 시간에 반성했다. 빼앗긴 수대로 회초리도 맞았다.

새봄에 학교에서 강촌역까지 4킬로미터, 길 양옆으로 코스모스 심었다. 동네별로 구획을 나누어 거름도 주어 가꾸었다. 가냘픈 몸매로 비바람과 더위를 이겨냈다. 투명한 햇살을 만끽하며, 파란 하늘을 향해 팔 뻗은 꽃가지들은 제 세상 만난 듯 싱그럽기만 하다. 흰색 연분홍색 빨간색으로 피는 그 꽃은 솔바람에 산들거렸다. 청명 하늘 아래 간들간들 웃으며 오가는 사람 마음을 즐겁게 해 주었다. 꽃말은 순정純情이란다.

가을에 춘성군 도덕 연구 지정 학교로 정 선생반이 연구수업 하게 되었다. 인형극으로 동기유발 했다.

날아라, 촌닭

첫 번째 질문은 선경이가, 두 번째 질문은 천수가 답하기로 미리 짜 놓았다.

"이율곡의 어머니는 어떤 분인가요?"

마치 바람이 불면 풀잎이 한쪽으로 쏠리듯 모두 선경이 쪽으로 고개를 돌렸다.

"우리 엄마처럼 밥해주고 빨래해주었지요."

참관 선생님들은 "와—" 하고 웃었다. 정답이 대수냐? 재미있게 살아라. 재미있는 삶의 동력인 호기심을 썩히지 말자. 매사에 호기심을 갖는 것이 삶의 원동력이 된단다.

중학교 입학시험에 대비하여 '중학교 입시 예상 문제집'을 각자 구입했다. 시험문제 범위를 정해 주었다. 매일 철판 긁어 시험을 보았다. 열심히 공부했다. 뒷벽에 나뭇조각 이름표를 붙여놓았다. 점수순으로 석차를 내 경쟁을 유발시켰다.

춘천 시내 중학교 희망자 남녀 합해 열두 명이었다. 그 아이들 숙직실로 불러 밤 과외를 시켰다. 남녀 모두 춘천에 있는 중학교에 합격했다. 학부형 대표로부터 금 손목시계를 답례로 받았다.

드디어 졸업식이다.

"잘 있거라 아우들아, 정든 교실아. 선생님, 우리들 떠나갑니다…."

"끅끅" 흐느껴 우는 소리에 모두 전염되어 "엉엉" 울음바다가 되고 말았다.

저 험한 파도 건너 희망을 향해 가거라. 눈부신 희망이 너희들이란다. **인생은 짧다. 최선을 다해 매 순간 소중하게 살아라.** 사랑하는 제자들아!

사랑해, 숙자 씨!

은사인 김인규 교장님이 계신 천전학교로 전근했다. 그곳에서 길숙자라는 사범 동기생을 만났다. 복스럽게 생겨 교실 환경 정리도 해주었다. 호감이 가는 처녀 선생이었다.

사범학교 3학년 때, 갑자기 운동장으로 나오라는 비상이 걸렸다.
이상훈 훈육주임이 호주머니 검사를 했다.
'사랑해, 숙자 씨. 만나주세요.'
내 친구 조정구 호주머니에서 편지가 나왔다.
이 편지로 여러 번 교무실에 불려 다녔다. 대질신문도 받았다고 한다.

학교 뒤에 넓은 실습지가 있었다. 정 선생은 고구마를 심었다. 바로 옆 밭에 길 선생이 무를 심었다. 방과 후에 김도 함께 매주며 재미있게 가꾸었다. 고구마를 나누어줬다.

한밤중에 비상소집이 있어 온의동 황 선생 집으로 길 선생과 함께 갔었다. 가는 길에 '좋아한다고 말할까?' 망설였다. 정 선생은 친구 조정구의 옛 애인이라 침을 '꿀꺽' 삼키고 단념했다.

꿩 주고 영전

조정구가 제대하고 삼척으로 발령 났군.

"친구야! 살려다오. 걸어서 40리 들어가는 오지야. 못 살겠어. 어떻게 좀 해봐!"

여름방학에 그 친구 소개해 주려고, 강원도 교육위원회 안홍모 초등과장 댁을 찾아갔지.

"6개월도 안 됐는데 무슨 전근이야?" 야단맞고 뒷머리가 서늘해져 나왔어.

그래도 안 되었는지 양구로 발령 난 거야. 춘천에서 많이 가까워졌지.

"보따리 지고 30리 걸어 가야해. 학교 가기 싫어 죽겠다."

그해 겨울 꿩 한 마리 들고 또 안 과장 댁을 갔지.

"1년은 채워야 춘천으로 들어오는 거야?" 또 꾸중만 듣고 나왔어.

한밤중에 그 친구로부터 전화가 걸려 온 거야.

"승수야, 꿈인지 생시인지, 내 넓적다리를 꼬집어보니 아프더라. 춘천 봉의학교로 발령 났어!"

우정만큼 아름다운 인간의 감정은 없어. 그것도 어릴 때부터니까 가능해. 우정은 순수한 열정과 숭배에서 나와. 생명력 넘치는 우정을 친구에게 좋은 선물로 주고 싶었어. 깜깜한 밤, 별처럼 반짝이는 아름다운 마음을 살며시 전해주는 그런 친구가 되고 싶었어.

돈과 우정

돈과 우정

'새 교실'을 춘성군 관내 교사에게 보급하는 간사 일을 정승수 선생이 보고 있었어. 서울로 가게 되자 정산해야 할 돈 50만 원이 모자란 거야. 친구인 조정구 선생을 만나 딱한 사정을 말했어.

"아버지하고 의논해볼 테니 내일 만나자."

힘들 때 위로해주고, 서러울 때 눈물 닦아주었지. 어두운 밤 험한 길에 등불 되고, 해 저물어 쓸쓸할 때 벗이 되었어. 너는 나의 영원한 친구, 너는 나의 영원한 노래, 너는 나의 기쁨이었어!

"아버지가 그러시는데 돈 꾸어주면 친구 잃는다더라."

'남 말 하듯 해?'

믿었던 우정 돌담 무너지듯, 억장이 무너져내렸구먼. 부끄럽고 분했어. 역지사지易地思之해봐.

오래된 포도주가 값나가듯 우리는 오래된 친구야. 그러나 순수한 우정은 시간이 지날수록 호두처럼 껍질은 딱딱해지고 마음은 이기적으로 변했지. 친구는 곁에서 다리 없는 의족을 받쳐주는 것과 같아. 우정은 말하지 않아도 뜻이 통하는 것이지. 친구야! 앞으로 우리 서로 더 잘 알아야해. 더 사랑하고 더 많이 인내해야 귀중한 우정을 지킬 수 있을 거야. 보석은 돈으로 살 수 있지만 우정은 살 수 없어.

세종대왕은 무어라 말씀하실까? **진정한 친구는 힘들 때, 돈 거저 주는 셈 치고 도와주는 거야.**

급난지붕일개무急難之朋一個無. 급하고 어려울 때 돕는 친구가 진짜 친구란다(공자님 말씀).

미워도 친구니까?

옆 반 여선생 사직한다고 해. 조정구가 "나도 서울 올라가게 해주어." 하던 말이 떠올랐지.

"이왕 고만둘 거라면 지방 교사와 교환하면 어때요. 그 비용은 넉넉히 드릴게요?"

'돈 안 꾸어준다고 등 돌릴 수 있나? 미워도 친구니까.' 조 선생에게 연락했지. 허리에 전대를 차고 300만 원 가지고 왔어. '자기 이익에는 약삭빠른 친구로구나.' 생각했어. 배은망덕背恩忘德한 친구지만 10여 년간 쌓아온 의리를 저버리기는 아까웠어.

이틀 후에 100만 원을 더 주고 가면서,

"광희학교로 발령 내줘." 얼떨결에 덥석 받았지. 힘도 없으면서 말이야.

어렵사리 배 장학사 만나 저녁 사주고 돈도 주었어. 문둥이 코 떼어가듯 돈 떼이고 만 거야. 조 선생은 힘들이지 않고 '서울 천호학교'로 발령 났어. 변두리로 발령 났다고 투덜댔지.

"나중에 준 돈 어디에다 쓴 거냐?"라는 거야. '왜, 그 친구에게 어리보기만 하는지 몰라?'

친구야, 그래도 네가 좋아! 하늘 길도 파랗게 열린단다. 함께 보는 하늘이라면 구름 낀들 어떻고 비바람이 몰아친들 무슨 대수냐? 좋아하는 마음만 변치 않는다면 먹구름 사이에도 파란 미소가 보이고 폭풍우속에서도 웃음소리가 들린단다. 우리 함께 웃어보자. '허— 허— 허—'

목포 처녀 선생

춘천 신동학교 때 일이었다. 새로 목포사범학교를 졸업하고 본교로 온다는 여선생 소식이다.

정 선생은 보지도 않고 그녀와 결혼하겠다고 마음으로 결정했다.

첫인상으로는 평범한 얼굴이었다. 중앙시장에 함께 가서 자취 도구를 사주었다.

학교 길 건너면 바로 북한강이다. 여름밤에 둘이서 강변 백사장을 산책했다. 갈대숲 우거진 아늑한 곳이었다. 그곳에서 역사는 이루어졌다. 처녀가 아니라는 느낌이 들었다.

"고백할 게 있어요. 2학년 여름방학 때, 낮잠 자는데 이웃 불량배가 들어와 강간을 당했어요. 낙태를 했고요."

"…?"

그런 말, 듣지 말아야 했다.

평산 신씨인 후배 여선생이 있었다. 그녀는 박 선생과 교제하는 눈치를 채고 말했다.

"박 선생 자취방에 이웃 부대 장교가 드나든대요."

배우자는 하늘이 허락해야 선정할 수 있을까?

염소가 물고 있는 감과 사과는 '감사'를 뜻한다.

신세 진 분들

스물한 살에 첫 발령을 받은 곳 홍천 창촌국민학교였다.
1년 가까이 면장 댁과 친척처럼 지내다가 헤어졌다.

그 후 40여 년이 흘러 소식을 수소문했다.
둘째 딸이 성남에 살고 있어, 면장 부인과 통화할 수 있었다.
맏딸 선희의 아들, 외손자 결혼식에 면장 부인이 서울로 올라온다고
했다.
조용한 한식집으로 모셨다.
"성공했네유, 선상님!"
"산골 분교장에서 서울 동숭동까지 온 것, 모두 주님의 은혜입니다."
결혼 축의금과 함께 흰 스웨터를 선물했다.
"내일 결혼식에 입고 가야겠다."라며 기뻐하셨다.
젊어서 진 신세를 다소나마 갚았다고 생각하니 마음 편안했다.

두 번째로 신세 진 사람은 군의학교에서 헤어질 때 5만 환 준 친구 박해영이다.

박 이병과 한 침대에서 살을 맞대고 3개월간 동고동락同居同樂하면서 정이 들었다.

세월이 흘러 그만 잊은 듯하여도 문득 생각나, 설렘도 일어 그렇듯 애틋한 관계는 아닐지라도,

막연한 그리움으로 친구는 어디에서 무얼 하는지 궁금했다.

'어떻게 하면 그 친구 찾을 수 있을까?'

앨범의 증명사진 뒷면을 보았다. '영동군 상동면' 주소가 적혀 있다.

면 주민센터에 전화 걸었다.

"박해영 목사님 말이죠. 지금 고향에서 목회하고 계세요."

주말에 안사람과 함께 박 목사를 찾아갔다.

제대 후 서울서 불법 의료 행위를 하다가 혼이 났단다.

고향에 돌아와 흙벽돌을 찍어 교회를 개척했다.

성경 서른 권과 찬송가 쉰 권, 그리고 빨간 넥타이를 선물로 드렸다.

베푼 사람은 쉽게 잊어버리나, 신세 진 사람은 가슴 깊이 새겨둔다.

마지막으로 신세 진 분은 "동구 밖 과수원길—"로 시작하는 동요 「과수원길」 작곡가이신 김공선 선배님이다.

사기를 당할 뻔했으나, 그분의 도움으로 서울로 오게 되었다.

10여 년간 설날과 추석 때면 선배님 댁을 찾아갔었다.

그 자리에 동요 시인 어효선 선생을 뵙게 되었다.

정 선생을 매번 만나게 된다고 했다. 그 내역을 알아보시고는,

"마음의 빚은 3년만 다니면 갚는다."라고 했다.

정 교장은 춘천으로 귀향했다.

그 후로 김공선 선배 부부는 닭갈비로 유명한 통나무집에 여러 번 오셨다.

계절에 관계없이 시간과 날씨 밤낮에 관계없이 계산하지 말고,

많은 사람들에게 선을 베풀면 대대손손 복받으리라 믿는다.

정 교장은 얼마나 남에게 베풀고 살았는지 부끄러울 뿐이다.

잊을 수 없는 은혜, 뼈에 새긴다는 각골명심刻骨銘心**이란 말이 있다.**

발 령 통 지 서

서울용 마국 민학고

고 사 정 승 수

장학사에 임함.

남부교육구청 학무과 근무를 명함.

1979년 5월 9일

위와 같이 발령되었기 알려드립니다

1979년 5월 9일

서울특별시교육위원회 교육감

승인 양식 2~9

새내기 장학사

연구 교사로 금상 받다

'내 힘으로 변화시켜야 발전한다'는 생각에 서울 교육청에서 실시하는 연구 교사를 자원했다.

2년 동안 두 번 공개수업 해야 하고, 연구 논문도 써야 하는 어려운 과정을 거쳐야 한다.

벌떡 일어나 행운을 찾아보자. 지금 도전해보자. 여건을 만들어가는 길목에 행운이 기다리고 있겠지?

6학년 남자 반을 대상으로, 학년은 무시한 산수 '개별학습카드'로 결손 보안하는 것이 목표였다.

각자 어디가 결손인가를 진단한 후, 교사가 출발점을 정해 준다. 선수학습의 결손을 보안하기 위한 보안학습카드와 본 학년의 목표 도달을 위한 심화학습카드를 작성했다.

문제 해결을 위해 '생각의 열쇠'를 도입한 발견 학습이다. 어떤 문제를 해결할 때 교사가 예시해준 몇 가지 힌트를 말한다.

편안하고 예측 가능한 일에 안주하기보다는 일단 시도해보자. **창의력은 곧 용기다. 누군가의 아이디어에 자기 것을 결합해 탁월한 새 아이디어를 만들어보자.**

2년 노고 끝에 금상을 받았다. 금상의 의미는 도공의 달인처럼 서울 교육청 관내 수학 분야에서 우수 교사라는 명예다. 특전으로는 교사가 장학사로 들어갈 자격을 인정받았다.

교감 시험에 낙방

　일생에 행운이 세 번 온다는 말이 있다. 김원용 선배와 서울 홍파교에서 함께 근무한 인연이 있었다. 그분의 동창인 이수영 치안본부 경무과장으로 계셨다. 그분을 소개받아 치안본부로 갔다. 그 자리에서 서울 황철수 부교육감에게 전화로 정승수 선생을 장학사로 추천해 주었다.

　교감 시험 볼 자격을 얻었다. 그때, 서울 남부교육청 파견 교사로 발령 났다.

　초등교육계 말석에 앉았다. 2월 말이라, 한창 전근 가고 올 시기였다. 700여 명 이동 교원 인사 기록 카드를 정리해야 한다.

　타 구청으로 보낼 것은 보내고, 관내 이동도 발령 학교를 기록하여 다시 넣어주어야만 했다.

　정 선생만 남고 모두 퇴근했다. 몇날 며칠을 늦도록 혼자 정리했다. 변명 같지만 공부할 시간이 없었다. 모처럼 행운이 찾아왔으나 내 것으로 만들 준비가 되어 있지 않아 놓치고 말았다.

　갑자기 두 주먹에 떡을 쥐었으니 하나는 포기 할 수밖에 없다.

　교감 자격시험에서 보기 좋게 낙방했다. 학교에 나가 장학지도 할 수 없도록 창피했다.

　인생은 언제나 또 한 번 기회를 준다. 이 기회의 이름은 내일이다.

교육청

군정

학교

혁명 장학사

전두환 군정시대라 정화 바람이 거세게 불었다.

교장과 교감, 교사 몇 명을 며칠까지 사직 시키고 보고하게 되어 있었다.

정화 대상의 기준은 빚진 자와 첩 둔 자, 화재나 사고 낸 교원을 골라냈다.

장학사가 실로 어마어마한 생사여달권生死與奪權을 행사했다.

하루는 초등계장이 정 장학사를 불렀다.

"여의도국민학교에 가서 부정한 교사 적발해 오시오."

날벼락이 따로 없다. 진정서나 신문에 보도되는 내용 가지고 사고 처리를 했었다. 아무런 근거도 없이 적발해 오라니 찹찹한 심정으로 떠났다.

교장의 안내를 받으며 학교를 한 바퀴 돌았으나 아무런 단서 찾지 못했다.

3층 계단에서 2층으로 내려오는 벽에 합창단 사진이 걸려있었다. 80여 명 모두 같은 단복을 입고 있다. 이 복장에서 지도 교사가 얼마를 사례받았다는 증거가 나왔다.

사례비 받은 여교사는 사직하고 말았다.

숙직 감사

서울 신월국민학교로 숙직 감사를 나갔다. 정 장학사와 일반직이 한 조가 되어 비밀리에 나갔다.

교육구청장의 명령서를 보였다. 서류가 캐비닛에 잘 보관되어 있는지 점검했다. 교사들의 책상 서랍이 모두 잠겨있는가도 보았다. 불시에 촌닭 쥐 잡듯이 숙직 감사를 했다.

중요한 일은 당직자가 제자리에서 근무하고 있는가? 보조 근무자인 전달부는 있는데, 유부상 교사는 행방불명이다. 확인서를 받아 왔다.

1년 전 일이었다. 정승수가 수학 강사로 새로운 교육과정을 교사들에게 연수하는 자리였다. 유부상 교사가 불숙 나섰다.

"아까운 시간에 불러다 뭐하는 짓이요?" 불만을 토로하며 나갔던 그 장본인이었다.

공교롭게도 유부상 교사가 근평 80점 만점으로 내신되었다. 초등계장이 신월교장을 불렀다.

"유부상 교사는 사립에서 넘어 온 지 1년밖에 안 됐소. 또 하나 결점은 확인서를 썼기 때문에 교감 승진을 시킬 수 없어요."

단호히 말했다.

일선 학교 장학지도

서울 남부교육청은 행정구역으로 영등포구, 양천구, 구로구, 용산구였다.

관내 국민학교는 78개교였으며, 그 학교를 두 패로 나누어 장학지도했다.

오늘은 서울 구로국민학교 장학지도 나갔다. 교장은 안장강이며 82학급이었다.

1교시에는 학교 현황 설명을 교감이 했다.

수업 관점은, 뚜렷한 **학습 목표─흥미 있는 동기 유발─주의 집중─결손 보안** 순으로 참관했다.

수업 평가 시간이었다. 1학년 선생님들과 학습지도에 대해 의논했다.

교육과정이 바뀐 시기여서 관심이 많았다. 정 장학사는 EDP 오기형 교육연구소에서 제작한 슬라이드를 보이면서 설명했다.

* 0이란, 자리는 지키고 형체는 없는 수입니다. 마치 옛날에 기차 좌석에 손수건을 미리 놓고 "자리 있어요." 하는 것과 같습니다.
* 아프리카 인디언들은 수를 셀 줄 몰랐답니다. "하나, 둘, … 많다, 많다." 컴퓨터의 0과 1도, 이진법의 단순한 원리입니다.

성폭행 사건

성폭행 사건이 발생했다.

서울 올 때 도와주신 김공선 교장이 근무하는 신림국민학교에서 투서가 들어왔다.

장학사 세 명이 나가 조사했다.

자료실 담당 미스 김이 있었다. 그녀는 늦게까지 학교에 남아있었다.

숙직 선생이 그녀를 건드렸다.

미스 김과 연관된 주임 교사가 세 명이었다.

조실부모로 이모가 키웠다. 1인 당 5000만 원씩 보상을 요구했다.

금액이 많다며 해결 못 보고 끌다가, 관련된 주임 교사 모두 파면되었다.

김 교장은 쓰레기로 메운 장안평국민학교로 좌천됐다.

성범죄는 독을 마시는 것과 같다.

촌닭, 도둑고양이 잡다

'문창국민학교 양호 선생이 여선생들께 외제 물건을 팔아 교장에게 상납한다'는 투서가 들어왔다.

정 장학사가 나가보았다. 변두리 구천학교에서 함께 근무했던 임한영 교장 학교였다.

정 장학사를 보고 대뜸 말하기를,

"원수 외무다리에서 만났군?"

지난날 임 교장, 구천학교에서 100년생 향나무를 자기 집에 옮겨 심었으나 고사하고 말았다.

정 선생은 학교 관사로 이사했다. 그 조건으로 교장 점심을 제공했다. 칠순이신 어머니가 해수병으로 고생하면서 따뜻한 점심을 해댔다. 보람도 없이 이민 간 홍 선생에게 근평 만점을 준 일이 있었다. 그런 연유로 정 선생과 사이가 좋지 않았었다.

임 교장은 즉시 사직하고 말았다. 촌닭, 도둑고양이 잡았다.

'학교 물건은 막대기 하나라도 손대지 말아야지. 공짜 돈은 쥐약이야!'

교원 인사 이동

교사 전보

동부교육청
서부교육청
북부교육청
중부교육청
강동교육청
강서교육청
동작교육청
성동교육청
광역교육청

노량진
상도
신길
대길
대방
도림
도심
동구로
두산
문래
문정
우신
영중

영등포
영림
영서
영일
영중
오류

교원 인사 이동

　1년 중 제일 큰 행사는 교원 인사 이동이다.

　교사는 4년마다 교체한다. 가, 나, 특수 지구로 구분했다. 가 지구에서 근무한 교사는 4년 근무 후 나 지구로, 가 · 나 지구 거친 교사는 특수 지구 2년을 근무하게 인사 원칙이 서있다.

　올해 남부교육청 관내 교사 이동 대상자는 600여 명이다.

　인사 파트 다섯 명이 컴퓨터가 있는 회사 부근에 보름간 여관을 정해 합숙했다.

　인사 이동에 필요한 개인 인사 카드를 작성했다.

　그 기본 자료를 컴퓨터에 입력시키면 알아서 각 학교에 배정한다. 관내 여섯 개 교육청이 동시에 입력해서 타 구청으로 가는 교사 배정도 함께한다.

　최종근이라는 동기생이 있었다. 그는 서울 변두리 백산학교에서 근무했다.

　여의도국민학교로 보내달라는 인사 청탁이다. 컴퓨터 덕택에 그 희망은 저절로 이루어졌다.

날아라, 촌닭

주신 분도 하나님

장학사직을 마감하고, 워커힐호텔 근처인 서울 광장국민학교 교감으로 전보됐다. 교내 순시 중 여선생이 봉투를 내밀었다. 극구 사양하고 받지 않았다. '새로 온 교감은 봉투 받지 않는다.' 소문이 퍼졌다.

아차산 넘어 영화사라는 절 근처에서 통학하는 아이들이 있었다.
혼자 하교하는 5학년 여학생를 불량배가 성폭행하는 사건이 발생했다.
대낮에 피해를 입은 아이는 평생 큰 상처를 안고 살아갈 것이다.
그렇다고 사건을 공개하면 그 아이의 앞길이 막힌다. 이런 취약 지구를 어머니회에서 감시하기로 했다.

7월 공휴일에 두 형제가 한강서 익사한 사건이 발생했다.
교장과 함께 문상을 갔다. 학교에서 물놀이 지도를 잘못해서 생긴 사건이었다.
그 어머니는 신앙심이 깊은 분이셨다.
"주신 분도 하나님이시오, 데려간 분도 하나님이십니다."
그 후로 쌍둥이 남자아이를 낳았다고 한다.

사 랑

서울상경초등학교 교장

07

행운의 별을 달다

초대 교장 되다

'88 올림픽이 끝난 해 겨울. 지난밤 꿈에 대문 옆에 심은 복숭아꽃과 살구꽃이 만발했다.

'좋은 일이 생기나보다.' 상계동 주공15-16단지, '서울 상경국민학교 초대 교장'으로 발령 났다.

마흔 학급에 2,300여 명을 받아들이게 되었다.

교훈은 **"널리 배우며, 깊이 생각하고, 아름답게 표현하자."**로 정했다. 어린이들과 같은 교육 목표를 향해 함께 걸어가면 목적지에 도달할 수 있다. 그런 방향을 제시해주는 사람이 교장이다.

> 우리 아이 내일 새 학교에 간다고 가정통신문 흔들며 좋아하자, 나도 학교를 바라보며 정말 기뻐했다. 아이들 큰길 건너 노원학교를 다닐 때는 걱정 태산이었다.
>
> 12월 10일 아침 일찍 아이와 함께 학교에 가보니 넓은 운동장, 현대 감각의 교사 모습, 깨끗한 화장실, 새 교실과 책상이 우리를 맞아주었다. 환한 햇빛은 최신 새시 이중창으로 춥지 않았다. 나의 어린 시절과 비교하니 이 아이들이 부럽기까지 했다.
>
> 과학실, 컴퓨터실, 도서실과 실과실 등 특별실과 학교 방침을 알게 되고, 특기 교육까지 치중한다니 선생님 너무 고마웠다. 이제 우리 아이 공부 더 잘하기 위해, 학부형 선생님들과 협조하여 학교 잘 가꾸어야 하겠구나 하는 마음 간절했다.
>
> — 2학년 박충근 어머니

날아라, 촌닭

개교기념식

이듬해 5월 4일 개교기념식을 가졌다. 교기를 교육장으로부터 인수받았다. 가사는 정 교장이 짓고, 김공선 선배님 작곡인 교가를 학생들이 우렁차게 불렀다.

> 푸른 도봉산 오늘도 우뚝 서서 / 잘 배우고 잘 자라라 / 우리를 굽어본다 / 배우자 즐겁게 / 달려가자 신나게 / 우리는 자랑스런 / 상경 어린이

가슴에는 꿈을. 손에는 책을. 기념비를 현관 입구에 세웠다. 교화는 장미, 교목은 은행나무다.

> 개교 축하합니다. 초목도 싱그러운 푸르름 속에서 자라듯이, 상경 어린이들도 무럭무럭 자라기 바랍니다. 푸른 5월에 상경의 새싹들은 부모님 사랑을 배우고, 스승의 은혜에 감사합시다. 학교를 아끼며 조국을 사랑할 줄 아는 아름다운 어린이로 자라납시다.
>
> — 2학년 3반 안은영 아버지

> 개교기념일에 향나무 심었다 / 향나무는 화장실마다 향을 뿌린다 / 향나무는 급식실에 향을 뿌린다 / 향나무는 교실마다 향을 뿌린다 / 향기 맡은 학생들은 사회에 나가 향기가 되었다

교장이란 자리가 중요한 것은 어린들에게 지식뿐만 아니라 무엇이 가치 있는 삶인지 깨닫게 해 줄 때, 비로소 그 존재는 신비로운 것이다.

신발장 없어요

1학년 신발장에 예쁜 신발들이 / 어깨동무하고 사이 좋게 앉아있네 /
꼬마 주인 오기만을 기다리고 있지 / 기다림은 사랑이라네

공무원 임대 아파트 입주해, 서관에 열여섯 학급 더 증설됐다. 신발
장 예산이 내려오지 않았어.

복도에 흩어져있는 신발들 / 검정 운동화는 물어보나마나 철호
신발 / 나이키 운동화는 물어보나마나 준서 신발 / 빨강 장화는
물어보나마나 보람이 신발 / 구름타고 둥둥 떠다니는 한 짝 신발
임자는? / 신발은 몸을 실어 나르는 자가용 / 주인을 알아보는 강아지
/ 가정마다 살아가는 얼굴

학부모에게 그 실정을 서신으로 알리고 신발장 값을 거두었지. 잡부
금 걷는다며 어느 학부모가 투서를 냈다네. 다른 곳의 전교조도 가세
하여 항의가 빗발쳤구먼. 북부교육청 감사계에서 나와 여러 날 조사했
다네. 광야에서 사자를 만난 것처럼 무섭게 굴었다니까?

**리더의 자질은 총명하게 듣고 이면까지 꿰뚫어 보는 것이며, 엄정한
태도와 신중한 말을 완성하는 것은 생각의 깊이라고 『서경』에 나오는
덕목이라네.**

피어나는 꽃봉오리 꺾지 마라!

제자 추행 사건

5학년 주임 선생에게 문제가 있다 하여, 여자아이들만 남게 했다.
"너의 선생님이 어떻게 하더냐?"
"내 입으로 선생님 혀가 쏙 들어갔어요!"
한 여자아이의 답변이었다.
'피어나는 꽃봉오리 꺾지 말아야지!'
정 교장 얼굴이 화끈거렸다.
야박하게 사표 받을 수 없어서 남부교육청 관내로 이동시켰다.

한 달 후 전근 간 학교 교장이 전화했다.
"새로 전근 온 한 선생 말인데요.
그 교사가 후미진 곳으로 여자아이 끌고 가 추행하는 것을 본 여선생
들 항의가 빗발쳐요."

여자 보기를 목석 보듯 해야지, 자리 옮겨도 개 버릇 남 못 주는 구나?
그 후 사직하고 미국 이민 갔다는 소식이다.

산수 공부 재미있어요

『소년조선일보』 기자가 찾아왔다. 정 교장은 말했다.

"같은 학년이라도 어린이가 산수 문제 풀 수 있는 힘은 제각기 다릅니다. 이렇게 서로 다른 능력에 맞춰 알맞은 정도로 산수 공부 하도록 돕고 있습니다."

「전 학년 문제 카드로 정리…능력별 진도 정해 공부」라는 제목으로, 1991년 7월 6일(토요일)『소년조선일보』 기사가 전면에 실렸다.

어린이는 먼저 자신이 산수 실력을 평가받는다.
그런 뒤에 미리 짜여진 진도표에 나온 자기 수준부터 스스로 공부한다.
이를 위해 산수 전체를 139장의 카드로 정리한 학습 자료가 있다.

이 카드로 스스로 산수를 익힌다.
'분수의 덧셈'을 완전히 이해해낸 어린이는 다음 단계인 '분수의 뺄셈' 카드를 찾아 공부한다. '약분'을 이해한 뒤에는 '통분' 카드를 찾는 것이다.

특히 작성한 산수 카드는 어린이에게 지루함을 주지 않고, 재미를 불러일으키도록 만들었다. 만화와 그림, 퀴즈와 이야기가 곁들여 있어 더 큰 인기를 끈다.

주현경 양(6학년 1반)은 이렇게 말했다.
"카드가 만화와 퀴즈로 나타나 있어 공부하는 것 같지 않게 술술 산수 문제 풀어 나갈 수 있어요." 이제 '지겨운 산수'가 아니라 '즐거운 산수'라고 덧붙인다.

주로 아침 자습 시간을 통해 상경학교 어린이들은 30분씩 자유로운 산수 익히기를 펼치고 있다.
"담임 교사는 시작과 끝만을 알려줍니다. 그 외에는 어린이 스스로 알아서 공부하지요. 단지 일주일에 한 번씩 어린이들이 풀이한 공책을 살펴보고 있어요."
6학년 1반 담임인 신옥희 교사가 설명했다.

이밖에 상경교에서는 산수 잘하는 어린이와 그렇지 못한 어린이 짝지어 산수를 익히도록 하는 '어깨동무교육'을 한다. 매일 방과 후 3시부터 4시까지 한 시간 동안 학년과 반을 가리지 않고 여러 명의 어린이들을 모아 놓는다. 이들은 서로 돕고 가르쳐 주며 산수 실력을 높이려고, 노력하고 있다.

〈정상영 기자〉

3,000년 나이를 속이며 살았다는 동방삭
청풍부원군 김우명 상여(춘천박물관)

세상에 믿을 놈 있나?

　개교 준비 요원으로 온 권재택 선생에게, 수고한 보상으로 매년 1학년과 교무주임을 맡겼다.

　사립학교에서 넘어온 교감이 있었다. 그 둘은 티격태격 평소에 사이가 좋지 않았다.

　연말 교원 근무 평가 하는 시기였다. 정 교장이 권 교무에게 사정을 말했다.

　"연구 가산 점수가 없으니, 근평 만점 주어도 교감강습 대상자에 못 들어가니 어쩌면 좋소?"

　양해를 구하고 교감에게 근무 평정을 해오라고 했다.

　권 선생은 평소 알고 지내는 이웃학교 선생을 만났다.

　"그래 교무를 보면서 근무 평정 성적이 그게 뭐요? 창피하게."

　52명 중에 8등이라니, 기분이 매우 나빴다. 교장 꼬투리를 잡아 분풀이하고 싶었다.

　권 선생이 급식 우유 업자에게 "매월 얼마를 상납했느냐?"라고 꼬치꼬치 물었다.

　업자는 입마개 하려고 소갈비를 대접했다고 한다.

　후에 알고 보니 교감이 다른 학교 선생에게 정서를 시켰다나…?

　교장 자리란 언제나 확인 또 확인, 신중해야 한다는 걸 직감으로 깨달았다.

　"세상에 믿을 놈 있나? 믿는 낮에 손등 찍혔다."

앉은뱅이 교사

정 교장은 서울 망우학교로 전근 갔다. 아침 2교시와 오후 5교시에 교내 순시를 했다.

6학년 2반 윤 선생은 수업 시간에 고시 공부를 했다. 매일 자습하는 어린이들 보기에 민망스러웠다. 윤 선생의 외모를 보기 전에 그의 생각과 꿈이 무엇이며, 그것이 누구를 위한, 어디를 향한 것인가를 살펴보았다.

운동장 귀퉁이에 테니스장을 만들었다. 오후에 윤 선생도 나와 함께 운동했다. 주말이면 홀수 학년 선생 대 짝수 학년 선생 배구 경기도 했다.

윤 선생은 운동을 좋아해서 배구 킬러로 명성을 얻었다.

함께 운동하면서 신뢰가 쌓여갔다. 교장도 윤 선생을 인정해주었다.

공감共感은 눈과 귀와 가슴으로 보고 듣고 느끼는 것이다. 마음을 열으니 웃음이 있었다.

그 후로 수업도 충실히 잘했다. 몇 년 뒤에 윤 선생은 동작교육청 체육 장학사가 되었다.

교장은 카리스마가 있어야 한다. 싸우지 않고 이기는 힘이다. 카리스마는 그를 믿고 따를 만한 믿음을 느끼는 일종의 이끌림이다. 상대방을 존중하고 배려를 통해 믿음을 주는 것이다. 카리스마는 내게서 나오는 것이 아니라 상대방이 스스로 마음을 열어야 가질 수 있는 것이다.

날아라, 촌닭

영어, 놀이하듯 배워요

"Are you a student?" / "Yes, I am." / "What is this?" / "This is a doll."
어린이들이 즐거운 표정으로 영어 회화를 배운다.

1995년 4월 22일(토요일) 『소년조선일보』 기사를 보자.

영어가 결코 어렵지 않고 재미있다는 듯, 선생님의 발음을 낭랑하게 따라 하고 있다.

서울 망우국민학교 3, 4학년 어린이들 영어 배우는 모습이다.

망우학교는 서울시 교육청으로부터 '학교 재량 시간 운영 시범 학교'로 지정받아 일주일에 한 시간씩 영어와 한자를 가르치고 있다.

영어는 3, 4학년, 한자는 5, 6학년에게 시범적으로 지도하고 있다.

선생님들이 힘을 모아 『영어 동산』, 『한자 동산』이란 지도서를 만들어 지도하고 있다.

글로 쓰는 것이 아니라 영어로 말하고, 주변에서 가장 많이 쓰이는 한자를 가르치고 있다.

〈정상영 기자〉

훌륭한 제자

정 교장은 화단에 나가 손질하고 쉬고 있었다. 일하는 아저씨가 목련 가지 자르려고 한다.

"나뭇가지 자르지 마세요!"

쳐다보니 가지마다 흰 드레스 입은 신부처럼, 꽃송이들이 활짝 웃고 있었다.

목련이 버선발로 나와 정 교장 맞이하는 듯 했다.

그때 교장실로 들어오는 사람이 있었다.

"실례합니다."

"어떻게 오셨는지요?"

"혹시 정승수 선생님 아니십니까? 이인규입니다. 저를 아시겠어요?"

"자네가 인규인가, 남산학교에…?" 정 교장은 인규의 손을 덥석 잡았다.

작년 5월 스승의 날을 앞두고, 서울교육청에서 스승 찾아주기 운동을 펼쳤다.

몇십 년 만에 만나 얼싸안고 감격한 장면을 보았다.

그런 광경을 TV에서만 본 인규는 부러움에 가득 차 있었다.

그토록 뵙고 싶은 스승과 초등학교 시절의 추억이 되살아났다.

봄이 되니 목련과 함께 감사한 분, 뵙고 싶은 스승의 얼굴이 그립다.

여러 해 동안 선생님을 찾아뵙고자 수소문했으나 감감소식이었다.

혹시나 하고 별 기대 없이 '스승 찾아드리는 창구'에 전화를 하자,

"이인규 씨가 찾고 계시는 은사님이 정승수 선생님이라고 하셨지요? 지금 망우 교장 선생님으로 근무하고 계세요. 아마 틀림없을 거예요."

이 기쁜 소식에, 인규는 복권에 당첨된 것처럼 어안이 벙벙했다.

이렇게 쉽게 은사님을 찾을 수 있는 길을 왜 몰랐던가? 후회스러웠다.

그길로 망우 교장실로 들어섰다. 희끗희끗 머리에 서리가 내리고, 이마엔 주름살이 패어있었다. 그러나 온화한 얼굴과 밝은 미소는 옛 모습 그대로 살아있었다.

'30여 년 전, 강촌 남산학교에서 선생님의 가르침이 없었다면, 지금의 이규가 존재했겠는가?'

감사의 눈물이 났다. 스승의 은공이 있기에 지금의 내가 있다. 그 은혜를 항상 소중히 간직하고 사는 것이 인간을 보다 인간답게 만드는 길이다. 은혜는 인간에게만 있는 귀중한 보배다. 모든 사람에게 자신을 키워준 은혜가 있다. 그것은 크거나 작거나 그런 것은 문제가 되지 않는다. 그것을 안 잊는다는 것이 그 은혜에 대한 보답이다.

그는 고려대학교를 졸업하고, 동대문구청 교통과장직에 있다. 이런 인연으로 남산학교 34회 졸업생 30여 명은 매년 봄가을 동창 모임을 갖는다. 그 자리에 늘 은사님을 초청했다.

행운의 별을 달다　**185**

개골에 효자 낳았네!

시골강촌 남산국민학교에서 가르친 이호준이라는 제자가 있다.

고향에 홀로 계신 아버지, 나이 들수록 허약해져갔다. 서울 살림을 정리하고 고향 개골로 왔다.

뒷동산에 사슴을 키웠다. 녹용을 달여드렸더니, 점차 기운이 회복되었다.

늙으면 요양원에 보내 고려장 지내는 세상에 며느리도 늙으신 시아버지를 정성껏 봉양했다.

강촌 마을 사람들은 호준이 내외를 효자 부부라고 칭찬했다.

효도하면 장수의 복을 주신다고 성경에 쓰여 있다.

호준이는 결혼 후 백수였다.

서울 철도청에서 기능직 모집한다기에 응모하여 뽑혔다.

탈선한 철로 바로 고치기, 비 온 후 무너진 둑 채우는 일, 힘든 노동이 계속되었다.

몇 개월 열심히 공부하여 행정 사무원이 되었다. 솔선수범하여 모범 공무원으로 승진을 거듭했다.

꿈이 있는 곳에 의욕이 생기고, 맡은 일 열심히 하면 성공한다는 교훈을 얻었다.

청년들이여, 도전하라! 높은 산도 낮아지리라.

여덟 번째 이야기

08

가르친 보람

날아라, 촌닭

걸맞은 자리

꿈틀대는 변화! 앞으로 전진하자. 맑은 호수처럼 끊임없이 비우고 채워나가자. 고통과 시련이 있을지라도 그마저 품고 변화를 즐기자. 교육부 교육원 자리가 비어있다기에 희망서를 냈다.

'자리란 인품과 능력에 걸맞아야 한다'는 말에 자신을 돌아보았다. 의자는 임자의 감수성, 취향, 지위를 드러낼 뿐만 아니라 욕구와 필요의 흔적, 때로는 자아를 대신한다.

성공하려면? **준비―기회―돕는 손**, 삼박자가 맞아야 한다.

교육원은 동숭동 옛 서울대 자리에 있다. 장학관에 보직은 교학과장이었다.

교학과는 해외 교포 학생을 교육, 희망 대학으로 진학시키는 주무과였다.

교재과에서 만든 교재로 한글과, 국사를 가르쳤다. 2세들은 거의 모국어를 잊어버렸다.

이들을 교육하는 데 연구관과 무려 30여 명의 연구사가 있다. 사무관과 주사 밑에 여사무원이 행정 업무를 보고 있다.

장학관 자리는 반드시 자애로워야 한다. 청렴해야 하며, 검약해야 한다.

기숙사에 학생들 합숙시켰다. 1, 2년 배우고 무시험 전형으로 서울대, 연세대 고려대 등 대학에 들어갔다.

날아라, 촌닭

귀국 학생 교육 담당자 연수

초·중등 교사들에게 귀국 학생 교육 담당자 연수를 실시했다.

학생이 가지고 있는 해외 경험의 중요성에 적응할 지도 방법을 배우려고 여름방학에 교사들이 모였다.

해외에서 체류했던 귀국 학생들이 가지고 있는 해외 경험은 그들 자신뿐만 아니라 일반 학생에게도 국제 이해와 외국어 차원에서 매우 유용한 자산이다.

이런 세계화에 발맞추어 초등학교에서 영어 교육을 실시하고 있다.

본원에서 제작된 교과서와 비디오테이프 자료는 일반 학교에 많은 도움이 될 것이다.

세계 어느 곳에든지 대사관이 있는 나라 대부분에 '한국학교'가 있다.

그곳 교포 자녀들을 교육하기 위해서 유능한 교사를 양성·파견 하는 곳도 교육원이다.

정 장학관은 미국 워싱톤 한글학교, 호주 시드니 한국학교, 인도네시아 한국학교 등 몇몇 학교를 견학했다. 해외 교사들은 특별한 사명을 가지고 열심히 가르치고 있었다.

교포들이 모국어를 잃어버리면 한국의 혼을 잃어버리는 것이다.

남산국민학교 34회 졸업생. 노란 별은 남학생 33명, 붉은 별은 여학생 31명을 뜻한다.

제자들이 환갑잔치를

정 장학관 집무실로 남산초등학교 34회 제자들이 찾아왔다.

"스승님 환갑잔치를 우리가 해드리려고 왔습니다."

뜻밖의 말에 극구 사양했다. 이미 강남 대한교육연합회관에 예약을 해놓았다고 한다.

춘천경찰서 최명호 경위가 사회를 보았다.

여자 제자는 한복을 곱게 차려입고 손님 안내를 했다. 손님은 주로 교육부 교육원 사람들이었다.

정원순 제자가 '선생님께 드리는 글'을 낭독했다.

> "오늘 여기 축복된 자리에 우뚝 서신 선생님 모습이 더욱 우러러 보입니다.
>
> 36년 전, 지지리도 가난했던 60년대 보릿고개, 졸업식장에서 '잘 있거라 아우들아 정든 교실아...' 다 부르지 못하고 울음바다가 되었지요. 그렇게 떠나온 정든 교실과 스승님.
>
> 30여 년 세월이 흘러 인규의 노력으로 선생님을 다시 뵙게 됐지요. 교사의 꽃인 교장으로 우뚝 서신 선생님! 훌륭하십니다.

스승과 칠순인 제자들은 남이섬으로 나들이 갔다.

2018. 10.

30년 전 강촌 개울가 모래로 누런 이를 닦게 한 일이 마음에 걸린다고 치약을 선물해 주셨지요. 그 자상하심에 존경스러워 아내와 자식들에게 자랑했어요. 치약이 없어 소금으로 이 닦던 일을 이야기하며. 모든 물건을 절약해야 한다고 했지요.

왜 오늘 선생님 자랑을 한없이 하고 싶을까요?
우리에게 정신적 지주가 되어주시고 이 시대에 훌륭하신 교육자상으로 우뚝 서신 선생님 모습이 너무 자랑스럽기 때문일 겁니다.

선생님께 부탁드립니다. 제자들 가정을 찾아보심이 어떻는지요. 그간 길고도 어려운 얘기들을 모아 책으로 엮어 선생님 칠순 기념으로 출판 기념회를 다시 가져봄이 어떠실는지요.
선생님! 건강하시고, 주님의 은총이 가정 안에 충만하시기를 기도드립니다."

남산초등학교 34회 졸업생 정원순 드림

"스승의 은혜는 하늘 같아서 우러러 볼수록 높아만 지네…" 제자들이 합창을 했다.

선생의 보람은 훗날 제자들이 잊지 않고 찾아주는 일이다. 아름다운 인생은 사랑했던 기억들의 모음이라고 생각한다.

강화도 역사 탐방

　귀국 학생들과 강화도 역사 탐방에 정 장학관이 직접 가이드로 나섰다.

　"강화江華'라는 명칭이 처음 사용된 것은 고려 태조 때지요. 그 후 1232년 몽골의 침략을 피해 수도를 강화로 옮겼어요. 개경으로 돌아갈 때까지 39년이 걸렸지요.

　전등사 대웅전 처마 밑에 나무로 깎은 인물상을 봐요. 사방 네 곳에 자리 잡은 이 조각상은 흔히 '저주의 나녀상'이라고 불러요. 조선 광해군 6년, 화재로 건물이 불타버렸어요. 다시 짓게 되어, 이 대웅전 공사를 맡은 도편수가, 객지의 허전함을 달래기 위해 주막을 출입했지요. 주모와 눈이 맞았어요. 후일까지 약속하며 목수로 벌어들인 돈을 그녀에게 맡겼답니다.

　그러나 공사가 끝나갈 무렵, 그녀는 돈을 챙겨 줄행랑 쳤어요. 하늘이 무너지는 배신감을 느낀 목수는 앙갚음을 생각했어요. 그녀의 벌거벗은 모양으로 조각해 모든 사람이 잘 볼 수 있는 높은 곳에 올려두어 창피를 주려고 했지요."

　"잘 살펴보세요. 두 팔과 머리로 대웅전 지붕의 무거운 추녀를 떠받치는 고통을 주고 있어요, 아침저녁으로 예불 소리 들으며 참회하라는 뜻도 되겠지요. **배신은 영혼을 죽이는 암적 존재죠.**"

어재연 장군 기
신미양요 때—1871년 6월 미국 사령관 보지스 아시아 함대가 이끄는 군함 다섯 척 가운데 알래스카호

처참하되 장엄했던 날

역사란 무엇일까요? 미래에 울려 퍼지는 과거의 메아리지요.

광성보 손돌목돈대 전투. 1871년 6월 11일 미국 아시아 함대에서 광성보를 향해 포를 쏴댔어요. 12시 반경 광성보 성벽이 무너졌지요. 해병 상륙 부대가 광성보 안에 손돌목돈대로 진격해갔어요.

어재연 장군 휘하 조선군은 돌멩이와 칼, 창과 흙을 던지며 죽을 때까지 싸웠지요. 긴 시간이 흐른 줄 알았더니 학살의 순간이 다가왔어요. 진지 내 백병전에서 조선군 대다수가 전사했지요. 바다로 뛰어든 병사도 많았고요. 조선군 전사자 243명의 시신이 연기를 날리며 쌓여 있었어요. 바다에는 100여 구 시신이 떠있었고요. 포로가 된 스무 명도 몸이 성한 곳이 없었답니다.

훗날 작전에 참가했던 슐리는 이렇게 말했어요.

"조선군은 죽을 각오로 용감하게 싸웠지요. 그들은 아무런 두려움 없이 최후의 한 사람까지 제자리를 지키며 죽어갔다오. 그 어떤 나라 사내들도 그들처럼 국가를 위해 싸우지 못했을 것이오.

역사는 면면히 이어져요. 갑자기 나타나는 현실이란 없어요. 오늘은 다만 어제의 결과지요."

내 나라 역사를 알면 민족혼이 깨어납니다. 역사를 잊은 민족은 비극의 역사를 되풀이 하게 되지요.

솟대 끝에 나무로 만든 새. 영매조靈媒鳥로 천신과 인간의 뜻을 전달하는 새.

어릴 적 친구 만나다

점심시간에 강화초등학교 박상용 교감을 40년 만에 상봉했다. 어릴 때 죽마지우竹馬之友였다.

고향을 생각하면 기쁨과 설렘이 크다. 하지만 때로는 알 수 없는 슬픔과 아픔이 목울대를 넘나든다. 그러나 찾아갈 고향이 있다는 것은 행복한 일이다. 고향이 있기에 지금의 내가 있는 것이다.

정 장학관은 춘천 모수물골에서 자랐다. 봉의산과 터 높은 도청 사이로 난 골짜기, 아늑하고 작은 초가 동네였다. 열서너 집 되는 그 동네는 유난히 해가 짧아, 한나절 만에 떴다 가버렸다.

그 동네에, 춘천에서 이름난 모수물이 있었다. 가뭄이 심해도 여전히 똑같은 양의물이 나왔다.

물맛은 달다. 여름에는 차고, 겨울에는 따뜻했다. 그래서 봉황이 마시는 예천醴泉이라고도 한다.

박 교감을 만나니, 그를 어린 시절 추억의 세계로, 불꽃처럼 이끌어가고 있었다.

박 교감: 아버지는 말단 경찰관으로 가족 먹여 살리기엔 너무 적은 봉급이었지. 그래서 시래기죽 아니면 수제비로 끼니를 때우지 않았겠나.

정 장학관: 그래, 게다가 조롱조롱 조롱박 달리듯, 동생들 박 교감 등에 업어 키웠어. 늘 등판 짝엔 콧물을 문질러 반질반질했지.

　날아라, 촌닭

6 · 25 전쟁 때 북한군이 북으로 도망간 봉의산 너럭바위에 우리는 올라갔지. 다시마같이 생긴 박격포탄 포약을 떼어 기관포탄 탄피에 쑤셔 넣고 불을 붙이면, 미친 듯이 빙글빙글 돌며 불을 뿜어냈어. 그 광경이 신기해 손뼉 치며 놀았잖아.

박 교감: 나는 초등학교 나와서 중학교 못 갔어. 새벽에 신문 배달도 하고, 국군 막사에 들어가 청소도 해주어 푼돈을 가난한 살림에 보태기도 했다네.

정 장학관: 어릴 적에 뛰어놀던 봉의산이 그립지 않나.

굽이치는 소양가람 / 큰 새 한 마리 / 대나무 열매 먹고 / 벽오동에 깃든다는 / 봉황이 날아든 산

맥국고도 살기 좋은 이 땅에 / 거란 몽골 왜병의 침략을 막고 / 을미의병을 일으킨 곳 / 공산군과 맞서 포화가 작열했던 싸움터

푸른 뫼 밝은 정기는 / 호반의 도시로 / 관광 명소로 / 통일 일번지로 / 뻗어나간다

고향 모수물골은 / 흔적도 없고 / 산마루에 / 가마우지 날아간다

교포 학생 예절 교육

한복협회가 교육원에 한복 300벌을 기증했다.

이는 한복 대중화에도 기여하겠지만 자라나는 청소년들에게 우리 전통문화의 소중함을 일깨워주어 정체성正體性을 찾아주는 계기가 될 수도 있다. '한복 입기'가 무형문화재가 된다.

"직선과 곡선이 어우러져 화려하고도 단아한 자태를 풍기는 아름다운 한복은 우리 고유의 전통상입니다. 이 한복을 입고 외국에서 온 학생들이 우리 문화를 사랑하는 마음을 갖기를 바랍니다."

신향자 한복협회 회장은 말했다.

교육원에서는 예절 교육을 중요시하고 있다. 교포 2세들은 우리 고유의 전통문화를 모르고 있다. 한복 착용은 단순한 의복 착용이 아니라 예를 갖추는 중요한 매개체가 된다.

남녀 학생에게 절하는 법과 차도를 가르치고 있다. 전통차 만드는 법과 마시는 예절을 배운다.

저고리 옷고름 매는 법과 여자 큰절하기가 어렵다고 했다. 큰절하다가 넘어지는 학생도 있었다.

따라서 이번에 기증받은 평상복, 개량복, 전통복, 혼례복, 두루마기, 버선, 고무신 등 열한 가지 품목이 교육에 큰 도움이 된다.

올림픽아파트촌 학교

정년 퇴임을 앞두고, 서른여섯 학급인 서울 세륜초등학교로 복귀했다.
잠실 올림픽아파트는 복칭으로 '부자 동네'로 알려져 있다.
운동장이 북향이라 비가 오면 질척거렸다.
마침 전철 지하도에서 나오는 마사토 120차량을 기부받았다.

1학년 담임들이 학부모로부터 몇십만 원씩 사례금을 받았다는 정보가 들어왔다.
학년 주임을 불러 모두 돌려주고 확인서를 받도록 부탁했다.

학생 교육 수준이 높아 학교에서 배우고자 하는 학습 내용을 학원에서 미리 알고 공부했다.
시험을 금지시켰다. 다만 수학 경시대회라는 명목으로 매월 정 교장이 직접 출제해 실시했다.
수학 경시대회가 있기 일주일 전부터 미장원이나 심지어 마켓에서도 물건이 덜 팔린다고 한다. 부모가 아이를 붙잡고 수학 공부를 지도하기 때문이다.

세륜초등교장

아이들이 허약했다. 요일별 학년 단위로, 점심시간에 공을 차게 했다. 해방감에 마음껏 뛰어놀 수 있는 즐거운 시간이었다.

등교 시 교문 앞이 혼잡했다. 자동차와 아이들이 섞여 들어왔다. 서쪽 담장 귀퉁이를 뚫었다.

그곳에 통학로를 개설했다. 안전할 뿐만 아니라 교실이 200여 미터 가까워졌다.

보도블록을 깔고 등나무를 올렸다. 한결 여유롭고 안전했다. 그 등굣길 끝에 동요비를 세웠다.

> 좋은 공기 새 바람 / 싱싱한 아침 해
> 친구랑 손잡고 / 즐겁게 학교 가요
>
> 방긋 웃는 초롱 길 / 꾀꼬리 노래해
> 가벼운 발걸음 / 즐겁게 학교 가요

회갑 된 여자 교감이 교장실로 들어왔다. 자기 근무 평정을 만점으로 적어왔다.

'중 제 머리 깎는 격'으로 뻔뻔스럽다. 어째서 교장이 작성해야 할 교감 근평을 자신이 작성해 온담. 야단을 칠까 망설였다. 사전에 소통이 안 되었다. 포용해주자. 2년이면 정년 퇴임이니 오죽하면 그랬을까? 도장을 찍어주었다. 이듬해 봄 숭례초등학교 교장으로 발령 났다.

소년조선일보

The Chosun Children's Daily

1998년 4월 29일 수요일   제10210호

발행인·인쇄인:방상훈 편집인 안병훈 편집실장 이동식 1937년 1월

서울 세륜초등학교

화제의 '열린 도서실'

서울 세륜초등학교(교장·정송수)는 도서실을 이용한 독서교육(讀書教育)에 힘쓰고 있어 관심을 모은다. 3~6학년은 1주일에 한 차례씩 국어 시간을 이용, 도서실에서 책을 읽고 독후

자기 집 공부방처럼 꾸며
자유롭게 책 읽고
주 1회씩 수업 이용도

감을 쓰게 하고 있다. 어린이들의 논리적·창의적(創意的) 교육을 위해서다. 도서실은

◇서울 세륜초등학교 어린이들이 도서실 소파에 편안하게 앉아서 책을 읽고 있다.　〈신경모 기자〉

단위별 수업을 할 수 있게 2개 교실로 꾸며져 있다. 필독 도서의 경우, 40권씩 갖춰 한 학급이 한꺼번에 공부할 수 있게 하고 있다.

오후에는 도서실을 개방, 어린이들이 자유롭게 드나들며 책을 읽을 수 있게 하고, 특히 학부모 도서 지도 명예 교사들은 오후 내내 어린이들의 독서 지도를 맡고 있다.

세륜초등학교 도서실의 또 다른 특징은 학년별로 의자 배치를 달리한 점이다. 1~2학년은 유아방처럼 꾸며 원탁 책상을 비치, 자신의 공부방처럼 자유로운 분위기 속에서 공부할 수 있게 한 것이다. 반면 3~4학년에게는 소파를 마련, 편안하게 앉아서 책을 볼 수 있게 했다.

〈황윤억 기자〉

열린 도서실

정일권 총리가 미국 어느 초등학생에게 "너는 무얼 먹고 사니?" 했더니, "횡경막 위로 책을 먹고, 그 아래로 빵을 먹지요." 하고 대답했단다. 학교의 눈은 도서실이다. 독서 교육에 힘쓰고 있다. 3~6학년은 일주일에 한 차례 국어 시간에 도서실에서 좋아하는 책을 골라 읽는다. 어린이들에게 창의력과 논리 교육을 위해서다.

오후엔 도서실을 개방, 어린이들이 자유롭게 드나들며 책 읽을 수 있게 했다. 학부모 명예 교사가 오후 내내 독서 지도를 맡고 있다.

학년별로 의자 배치를 달리했다. 1, 2학년은 원탁을 마련해 자기 공부방처럼 꾸며, 자유로운 분위기 속에서 공부할 수 있게 한 것이다. 반면 3~6학년에게는 소파를 마련해 주어, 편안하게 앉아서 책을 볼 수 있게 했다. "사람이 책을 만들고 책이 사람을 만든다."라는 말이 생각난다.

> 교장 선생님께서 부임하신 이후, 세륜에는 많은 발전이 있었습니다. 특히 도서실이 생겨 얼마나 기쁜지 모릅니다. 진취적으로 일을 추진해가시는 교장 선생님, 아이들을 향한 따뜻한 사랑과 격려에 진심으로 감사드립니다.
>
> 〈윤빛나 엄마 올림〉

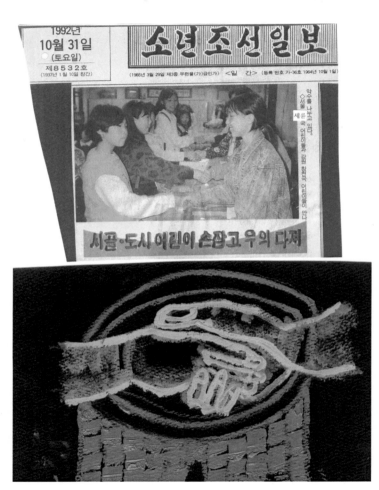

악수는 두 사람이 같은 뜻을 가졌다는 의미, 반갑다는 의미로 선한 의미를 내포함.

자매결연 학교

서울 세륜초등학교 6학년 어린이 59명과 강원 홍천 창촌교와 원자분
교장 어린이 59명은 10월 29, 30일 이틀간 서울에서 함께 생활하면서,
시골과 도시 어린이 사이에 애틋한 우정을 나눴다.

어린이들은 29일 세륜교에서 만나 간단한 기념식을 가진 뒤 각자 짝
을 맺은 친구들과 함께 하루를 보냈다. 시골 아동은 아파트 생활을 처
음 해보았다. 수세식 화장실 사용 요령을 사전에 실습했단다. 느타리
버섯과 고사리 등 특산품을, 서울 아이들은 장난감과 학용품을 선물로
교환했다.

다음 날 시골 어린이들은 잠실 롯데월드에서 놀이기구를 타고 즐겼
다. 신기한 듯 롤러코스터를 타고 환호성을 질렀다. 잘 대접해준 세륜
어린이들과 다시 만날 것을 약속하며 서울을 떠났다.

세륜 어린이 회장 박진탁 군은 "좋은 친구를 얻게 돼 기뻐요."라고
말했다.

창촌교 어린이 회장인 김성남 군은 "초청해줘 고맙습니다. 계속해서
연락을 주고받았으면 좋겠습니다." 감사의 마음을 나타냈다.

그 후로 여러 번 편지를 주고받는 학생들도 있었고, 방학에 산골로
초대받은 학생도 있었다.

원자분교장에 TV와 책을 보낸 적이 있었다.

지난해에도 많은 선물을 보내주셔서 얼마나 고마워했는지 모릅니다.
금년엔 더 많은 선물을 보내주셔서 벽지에서 공부하는 어린이들을
기쁘게 해주셨습니다.
어린이들에게 선물을 나누어주면서 교장 선생님의 고마운 뜻을 함께
전했습니다.
옛날 근무하시던 곳을 잊지 않으시고 찾아주시는 정성과 우리의
따뜻한 이웃이 있다는 것을 몸소 보여주신 교장 선생님께 진심으로
감사드립니다.

보내주신 내역을 알려드립니다.
TV 1대, 노트 380권, 연필 183다스, 크레파스 22세트, 필통 10개,
동화책 65권.
TV로 시청각 교육을 하니 교육의 효과가 크게 나타났습니다.
학용품은 2회에 걸쳐 나누어주고, 반 정도는 보관해놓았습니다.
거듭 고맙다는 말씀을 드리며 이만 줄이겠습니다.
건강하시고 하시는 일마다 즐거움이 함께하시기를 빌겠습니다.

10. 28. 원자분교 이인식 드림

09

놀라워라!
시의 감화력

날아라, 촌닭

퇴임 후 무얼 할꼬?

오르막만 있는 인생은 없다. 교장 자리까지 올라온 길도 어려웠다. 하지만 이젠 내리막길이다. 내려갈 땐 마음을 비우자. 짐이 무거우면 자칫 한순간에 굴러 떨어질 수 있다.

흔히들 정상에 올랐을 때 성공했다 말한다. 그러나 진정한 성공은 제대로 잘 내려온 다음에 비로소 완전하게 이루웠다 할 수 있다. 새로운 삶을 꿈꾸는 희망의 여정이 시작되었다.

평소에 하고 싶었던 시 짓기와 사진 찍기를 해보리라. 시 내용에 맞는 사진을 찍어 시화전을 강촌역과 김유정역에서 열었다. 인생 후반전 30년이 남았다. 무엇이든 하면 달인이 될 수 있다.

수필집으로는 『동심여선』, 정년 퇴임 기념집 『첫 열매』, 고희 기념으로 『꽃피는 산골』 펴냈다. 시집으로는 『함께 살자』, 시화집으로 『행복』, 찬양시집 『겨자씨의 꿈』, 『눈 속에 그 이름 묻고』를 발간했다. 시집을 낼 때마다 자식을 얻은 그런 기쁨이다. 소설은 71세에 등단하여 단편소설집으로 『커피 향 청춘』을, 춘천 설화집으로 『모진강의 예언』, 해외 여행기로 『팔팔한 팔순에 딸네 집을 가다』와 제주 여행기 『탐나서 보쌈 해온 섬』를 썼다.

고향은 영감의 젖줄이다. 고향에 다소나마 은혜를 갚고 간다는 간절한 소망이 담겨 있다. 그림 동화책으로 『머리를 베어 고아라』를 발간했다. 앞으로 춘천 전설 동화집 열한 권을 창작하겠다.

"할 일이 있고, 사랑하는 사람과 희망이 있다면 행복하다." 라고 괴테는 말했다.

여기 무성한 잎 지면, 다홍꽃 피워 우린 서로 만날 수 없는 운명의 상사화

놀라워라! 시의 감화력

시집 『눈 속에 그 이름 묻고』를 읽고, 60년 전 창촌에서 헤어진 정원 씨가 이메일을 보내왔다.

> 오늘 마음이 아픕니다.
> 젊은 날 바람처럼 가버린 그 상처로, 고난을 성공의 함박꽃으로 이루신 선생님께 감사드립니다. 긴 세월 아픔을 드린 점, 저도 너무 아픕니다.
> 오늘 예스24에서 시집 『눈 속에 그 이름 묻고』를 구했습니다.
> 선생님은 성공의 삶을 사셨습니다.
> 가정도 신앙도 작품도 귀한 생애입니다.
>
> 천국이 우리에게 있으니 주님이 항상 지켜주시기를 기도합니다.
> 저도 수술을 여러 번 하고, 남편을 먼저 보냈습니다.
> 주님 은혜로 편안하지만, 노년의 외로움을 느낍니다. 속죄하는 마음뿐입니다.
> 시집을 끝까지 아픈 마음으로 읽었습니다.

머릿속에 사랑과 다른 생각에는 금, 정원이는 둘 중에서 금을 선택했다.

배신의 상처를 믿음과 인내로 승화시켜 아름다운 열매를 이루신
선생님 감사할 뿐입니다.
철모르고 그때 형편이 이끄는 대로 걸어온 길, 돌아보면 후회스럽고
부끄러울 뿐입니다.
용서하소서, 배신한 저를 용서하소서.

주님의 은혜로 건강 챙기시고, 호수같이 평화로운 가정 되시기를
기도드립니다.
모든 무거운 짐 얽매기 쉬운 것 믿음으로 벗으시고,
주님 소망의 기쁨만 넘치는 생애 되시기만 기도하며 나가겠습니다.
주님의 말씀은 내 발에 등불이요. 내 길에 빛이 나이다.

배신하고 떠난 사람 생각하면, 슬픔이 강물 흐르듯 한다. 통곡하고,
통탄해도 모자란다. 그렇다고 슬픔의 강에 빠지지 말자. 슬픔을 안고
강가로 나가 황량한 들판에 희망의 꽃씨를 심어보자. 상처 입은 가슴
은 가장 값진 인생의 교훈을 가르쳐준 스승이었다.

용서하자. 용서는 관계를 풀어주는 것이다. 나와 그녀, 엉킨 실타래
를 푸는 것이다. 용서하고 나면 마음이 편해진다. 증오는 매일같이 평
생을 하지만 용서는 한 번 하면 된다.

**선택을 잘못하면 평생 고생이다. 선택은 자신의 길이기에 부모보다
는 자신이 선택할 일이다.**

증보기도 명단

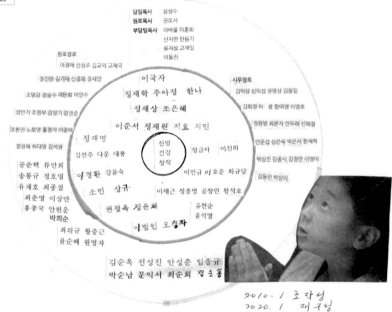

담임목사　심성수
원로목사　권오서
부담임목사　이바울 이훈희
　　　　　신지만 민원기
　　　　　류지성 고재일
　　　　　이동진

시무장로
김익상 심의섭 권영상 김동일
김희정 허　봉 함마영 이명호
정원범 최문자 안두래 신해철
안문섭 심은숙 박은서 한재혁
박삼진 강종식 김정만 이영미
김동민 박삼미

원로장로
아경애 산성주 김교익 고계국
정진환 김기태 신경희 정세언
조명강 정승수 여은희 이인수
강안기 조정부 강창기 강경준
조한진 노희영 홍정자 이종택
함영복 허대영 김석권
공춘택 류만희
송봉규 정호영
유재호 최종철
최춘영 이상만
홍중국 안현운
박희순
최의규 황충근
윤순배 원영자

이국자
정재학 주아정　한나
정재상 조은혜
이준서 정재원 지호 지민
정재명
김선수 다운 대풍
이경환 강윤숙
소민　상규
권정옥 정은채
이범인 오정자

신앙
건강
창작

장금자　이진희
이인규 이호준 최규달
이재근 정종명 공상린 황석호
유천순
윤석열

김순옥 전성진 안성춘 입종규
박순남 문익서 최순희 정소홍

2010. 1　초 작성
2020. 1　재 구성

226　　날아라, 촌닭

중보 기도

매일 새벽기도 드립니다

남을 위해 기도할 때마다 기쁨이 충만합니다
주님과 대화하는 시간입니다
근심 걱정 모두 사라집니다

남을 위해 기도할 때 마음이 편안합니다
주님이 신비스러운 비밀을 알려줍니다
어떤 어려운 형편에서도 흔들리지 않습니다

남을 위해 기도하면 내일도 잘됩니다
응답하실 주님을 신뢰하며 기다립니다
모든 분 잘될 거란 소망을 갖고 기뻐합니다

**내가 주님을 간절히 찾았더니 주님께서 나에게 응답하시고
내 모든 두려움에서 나를 건져 내셨도다** — 시편 34편 4절

어느 여선생님의 편지

존경하옵는 교장 선생님께
교장 선생님을 향한 모든 이들의 칭송이 언제까지나 메아리치기를
스승의 날을 맞아 삼가 비옵니다.

1989. 5. 15. 최창숙 올림

교장 선생님
언제나 순백으로 피었다가 고대 수줍은 듯 져버리는 백목련마냥,
웃을 듯하다가 돌아서는 교장 선생님을 뵈올 때마다, 가까운 듯 접할
것 같으나 높은 데만 계시는군요.
저에게 1학년을 맡겨주셔서 감사하는 마음입니다. 더구나 사려 깊은
주임 선생님과 마음이 서로 통할 수 있는 선생님들을 곁에 있게
해주신 교장 선생님의 특별한 사랑에 늘 부족한 저를 느낍니다.
교장 선생님의 건강과 큰 야망을 가꾸어나가시기를 비옵니다.

1990. 5. 13. 최창숙 올림

날아라, 촌닭

멋진 교장 선생님께

상경초등학교에서 교장 선생님과 재미있게 지냈던 기억들을 되돌아보면 아름답게 기억됩니다.

연구란 것은 알지도 못했던 저에게 기초 조사 해오라며 반강제로 소개장을 써주셔서 하는 수 없이 연구란 것을 시작해서 지금은 교사의 꽃이라는 교장이 되었습니다.

'과거는 무조건 감사하고, 현재는 그럼에도 감사하고, 미래는 미리 감사하자'로 마음 다잡고 살고있습니다.

항상 교장 선생님 생각이 떠올랐지만 연락할 길 없어 못 했습니다.

퇴임 기념 시집을 발간하면서 교장 선생님께 대한 아쉬움을 노승란 선배에게 말씀드리자, 자기 수첩에서 교장님 주소를 알려주셨습니다.

암튼 교장님께 잘 전달되었으면 하는 바람입니다.

퇴직하면 우리부부는 선교사로 인도네시아 사역을 받고 떠나려고 준비 중입니다.

교장으로 퇴임할 수 있는 밑바탕 되어주신 은혜에 감사하는 마음으로 올립니다.

편안한 날 되십시오.

2018. 1. 4. 옥천 최창숙 올림

세월이 거듭될수록 "교장이 하루아침에 만들어지는 것이 아닙니다." 하고 말합니다.

사람이 희망이며 잘 다듬어진 사람은 더 큰 희망입니다. 잘 다듬어진 교사는 세월과 함께 교장으로 만들어집니다.

　날아라, 촌닭

눈깔 빠진 도시

　호반의 도시 춘천에 온 어느 시인은 "눈깔 빠진 도시"라고 혹평했다. 문화유산이 없는 도시란 말이다. 유산이 없다 함은 문화가 없다는 말이요, 문화가 없다 함은 미개한 도시란 말이다.

　"소양강 물속에도 봉의산 숲속에서도, 도청 앞 큰길, 역 앞 광장에서도, 춘천의 눈은 발견할 수 없다. 이것이 어느 아주머니, 어느 아저씨가 뒷방 구석 면사포 속에 숨겨 놓았기에 이렇게 보이지 않는가?"라며 아쉬워했다.

　"유물은 아는 만큼 보이고, 알고 나면 더 보인다."라고 오동철 민속연구사가 말했다.

　박사마을 기념비, 한백록 장군 묘, 신숭겸 장군 묘, 춘천향교, 소양1교, 소양로 비석군, 죽림동성당, 칠층석탑, 천전리 지석묘군, 위봉문·조양루, 근화동 당간지주 등을 탐방하면서 해설을 들었다. 춘천은 분명히 문화유산의 도시요, 문명이 숨 쉬고 있는 살아있는 도시다.

　정 선생은 많은 문화유산이 있다는 사실에 깜짝 놀랐다. 고향을 자랑하고픈 자부심이 생겼다.

　"햇빛에 말리면 역사요, 달빛에 젖으면 전설이 된다."라고 했다.

　춘천의 유물과 전설을, 문학 미술 음악 예술로 승화시킨다면, 그 감동은 배가 될 것이다.

문화유산 해설가로

  푸른 가을 하늘 아래 3, 4학년 열 명의 어린이가 신숭겸 장군 묘역을 탐방했다.
  인형을 보이며,

반가워! 나는 짱구. 너희들과 놀러온 친구야. 옛날이야기 들어볼래요?
신숭겸 장군은 몸집이 크고 무술에 뛰어났대요.
고려 태조 왕건이 1,100년 전(927년) 황해도 평산으로 사냥을 나갔어요.

그때 마침 기러기 세 마리가 하늘 높이 빙빙 맴돌았어요.
"누가 저 기러기를 쏘겠는가?" 왕건이 말했어요.
신숭겸 장군이 나서서 "몇 번째 기러기를 쏘리이까?"
왕건이 웃으며 "세 번째 기러기 왼쪽 날개를 쏘아보게."
신숭겸 장군은 활시위를 힘껏 당겼어요. 화살이 '핑' 날아갔어요.
기러기를 맞추었을까요? 네, 기러기 왼쪽 날개를 명중시켰어요.
감탄한 왕건은 평산 신씨라는 성을 주었어요. 상금으로 넓은 땅도 주었답니다.

날아라, 촌닭

다음은 팔공산 싸움 이야기를 해볼까요?
태조 왕건은 대구 팔공산에서 후백제 견훤 왕과 크게 싸웠어요.
그러나 왕건이 에워싸임으로 죽게 되었어요.

급한 나머지 신숭겸 장군이 왕건의 옷으로 갈아입고, 왕의 수레를 타고 싸움터 깊숙이 들어갔어요.
견훤의 군사가 신 장군을 왕건으로 알고, 그의 머리를 잘라서 창에 꿰어 돌아갔어요.

한편 견훤이 신 장군을 왕건으로 알고 열심히 싸울 때, 이틈에 왕건은 무사히 빠져나갔지요.
포위가 풀리자, 왕건은 죽음을 대신한 신 장군의 시체를 찾았어요.

그런데 무엇이 없어졌어요?
네, 없어진 머리를 황금으로 만들어 관에 함께 넣고,
춘천 방동리에 묘 세 개를 만들어 크게 장사지내 주었지요.
8명의 장군이 전사했다 해서 공산을 팔공산으로 부르게 됐답니다.

머리를 베어 고아라.

정승수 글 / 이준성·주아정 그림

춘천 전설, 그림 동화책으로 창작

한 시인은 춘천을 "전설이 없는 도시"라고 혹평했다.
이에 분개한 정승수는 춘천 전설을 발굴해 창작 그림 동화책으로 펴내기로 마음먹었다.

작년에 『머리를 베어 고아라』, 효자 반희언에 대한 이야기를 펴냈다.
효자 1동에서 '효자 반희언' 유튜브로 제작했다. 『강원일보』에서 서평을 냈다.

앞으로 『퇴계와 공지천』, 『떠내려온 고산대』, 두 권을 발간했으며, 연차로 『공주를 사랑하다가 뱀이 된 청년』, 『솟아오르는 묘』, 『이상한 원당 어른』, 『아침 연못』, 『싸움터 삼악산』, 『황금 머리』, 『잉어의 눈물』, 『붉은 백일홍』, 『봉황이 사는 도시』를 펴내겠다.

동화는 내 삶의 여정에서 돌아볼 기회를 주었다. 춘천 전설을 그림 동화책으로 발간하는 꿈을 가지고 있다. 꿈은 정 선생의 행복을 위해 가장 소중한 보물이다.
내 고장 사랑하는 마음과 평생의 사명으로 생각하고. 열두 권 '춘천 옛이야기'를 펴내겠다.

여주 삼합리

취미로 시작한 수석

바람도 부드러운 첫여름, 여주강은 푸른빛으로 넘실거렸다. 백사장도 따사한 입김을 토해낸다. 삭막한 벌판을 혼자 헤맬 때는 그런대로 잘 왔다고 생각했다. 사실 돌을 찾아다니는 행동은 언제나 혼자이고, 고독과의 싸움이다.

귀 울리며 흘러가는 강물 속, 뒤틀리며 굴러온 돌 한 개, 물결 따라 모래로 몸을 깎으며 참아온 기나긴 세월, 햇빛 닿은 물 밑에 수석 한 점 보인다. 차가운 강물에 여기저기 부딪치며 외치지 못했던 쓰라린 아픈 기억 속에 외로이 놓여, 이리저리 뒹구는 돌. 모래와 물로 장구한 세월 속에 깎아내면, 몸 사린 그 아픔을 알릴길 없지만 수석으로서의 탄생을 기쁨으로 참아내고 있다.

한 덩어리의 돌을 두 손으로 번쩍 치켜들었다.
"장원이다!"
약간 푸른빛을 띤 오석이다. 저 멀리 봉긋 솟은 봉우리가 있는 평원석이다.
이 돌을 들고 들여다보니 희열이 샘솟는다. 탐석의 기쁨을 만끽할 수 있는 행복감에 젖어 있었다. 더 욕심을 내면 무엇 하리요. 이 한 점으로 만족한 하루였다.

놀라워라! 시의 감화력

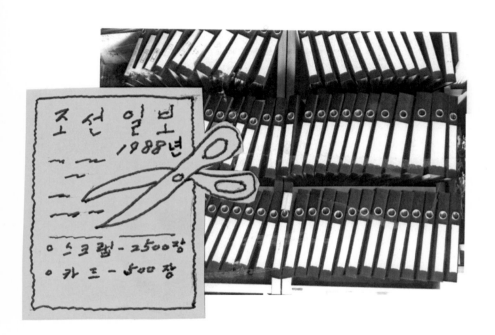

신문을 스크랩하다

내게 신문은 스승이요 영감의 샘물이다. 글쓰기의 바탕이 되어 많은 도움을 주고 있다. 사건의 사실관계를 정확하게 쓸 수 있는 자료가 된다.

1988년부터 시작하여 『조선일보』를 스크랩한 지 어언 30여 년에 이른다. 71명의 시인과 81명의 국내외 소설가, 48개의 국내 도시와 17개의 관광국, 국내외 사상가들과 종교, 영화, 미술, 과학, 교육, 사계절, 12지간 등 2,500여 장을 8절 모조지에 스크랩했다.

'고도원의 아침편지', '황석희의 영화 같은 하루', 『강원일보』의 '언중언言中言' 등을 명함판 두 배 크기의 카드와 네 배 크기의 카드에 각각 글쓰기에 참고될 만한 문장을 500여 장 스크랩했다.

기억력에는 한계가 있다. 창조의 시작은 모방이다. 박완서 소설가도 "좋은 문장은 내 글에 인용하고 있다."라고 했다. 글 속의 참신한 문장 한 줄이, 전체 문장을 빛나게 해준다.

둘째 아들 부부 품에 안겨
오클랜드 미션베이

금혼여행은 오클랜드로

일상을 벗어나 금혼여행 떠났다. 아들을 만난다는 기쁨과 미지의 세계로 가는 설레는 마음….

여행이 주는 여유는 삶의 속도를 늦추는 낭비가 아니다. 새로운 자산을 구축하는 성장의 기쁨을 누리는 기간이다. 여행은 여가생활의 백미다. 그리고 이는 재창조의 원천이다.

여행이라는 추억의 실루엣은 그리움이 된다.

창공 1만 킬로미터 아래를 보라!

구름 기둥이 치솟는가 하면, 떼 지어 줄기줄기 산맥을 이루듯 흐르고 있다.

푸른 우주는 넓고 드높다. 무한한 우주 속에서 '나'라는 존재 얼마나 작은가?

드넓은 하늘 보면 마음도 텅 빈 듯하다. 텅 빈 우주가 많은 생각을 하게 한다.

태극 마크도 선명한 은빛 날개로 열두 시간 만에 오클랜드 공항에 내렸다.

이곳 섣달은 신록 무성한 여름이다. 마중 나온 아들 내외와 반가운 포옹을 했다.

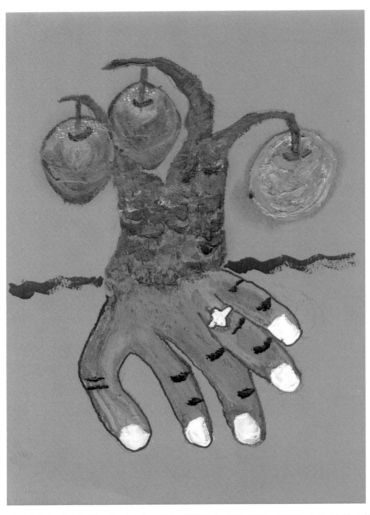

아내의 왼손, 삼 남매를 키우기에 손마디가 거칠어졌다. 빨간 사과는 아들을, 노란 사과는 딸
을 상징한다.

며느리가 정성껏 차린 아침 밥상을 받았다. 나와 결혼한지 어언 반세기, 삼 남매 키우느라 아내의 머리카락은 희어지고 손은 거칠어졌다. 거친 손가락에 다이아 반지 끼워주었다.

"여보! 나와 함께 살아주어서 고마워요. 사랑해요, 당신이 곁에 있어 너무 행복해요."

반세기 살아온 고난의 세월…, 선물로 받은 반지를 끼고 아내는 함박 웃음 지었다.

그대 있으므로 나는 행복하다. 오래오래 영원토록 내 곁에 있어줄 사람, 내 영혼에 꿈처럼 피어오르고 눈물방울 맺게 하니, 그대는 나의 영원한 연인, 영원한 안식처. 사랑은 한쪽의 그림자가 아니라 서로의 햇살이 되어주는 한 몸이다. 사랑은 힘이다. 인생의 거친 파도를 힘차게 항해하는 동력이다. 사랑은 어두운 쪽에서 밝은 쪽으로, 절망을 희망으로 불행을 행복으로 바꾸어나가는 힘이다.

점심은 스카이 타워 뷔페다. 56층에서 우리는 360도 돌며 하우라카 만에 빼곡히 들어선 요트와, 멀리 하버브리지를 관망했다.

"이역만리 낯선 땅에 뿌리내린 아들아! 고맙고 대견하다. 너는 내게 가장 큰 선물이란다. 네가 나에게 이토록 소중한 선물이 되어주었듯이, 너도 많은 이들에게 선물이 되어주기 바란다."

아들과 며느리는 뉴질랜드 스파크 통신사에서 팀장과 매니저로 일하고 있다.

날아라, 촌닭

마무리는 '감사합니다'

팔팔 미수米壽 바라보며, 장수의 복 주심을 하나님께 감사.

위험한 고비마다 오른팔로 보호해주시고, 인도해주심도 감사.

그 체험으로 산골 분교장에 꼼짝없이 갇혀있을 때, 군 입대 영장을 보내주셨고, 우연한 기회에 모르던 분의 도움으로 서울로 올라갈 수 있었으니, 이것이 첫 번째 행운이요. 마흔한 살에, 서울 교사 2만여 명 중 장학사 되는 길 열어 주셨으니, 두 번째 행운이요. 교사의 별이라는 교장을 51세부터 정년 퇴임까지 근무했음도, 주님의 은혜로 세 번째 행운입니다.

교직 42년에 많은 아이들과 선생님이 함께하는 생활 속에서, 교내 인사 사고나 화재가 한 건도 발생하지 않아, 국민훈장 '동백장' 받음도 감사. 52세에 서울 화양감리교회 장로가 되어, 모교인 춘천중앙교회에서 신앙생활 하고 있음도 감사.

정년 퇴임 후 열두 권의 문학 서적을 발간함도 모두 주님이 주신 지혜로 감사하며, 고달픈 인생 여정에 늘 눈동자와 같이 보호하시고, 인도해주신 은혜 진심으로 감사드립니다.

묘비명을 쓴다면, '교육자와 작가로 노력했던 장로 여기 잠들다.'

잠시 순례자로 왔다가 세상에 남기고 가는 인생의 흔적은 무엇일까요?

※ 그림 일부는 당사자의 허락을 구하고 선우미애 시인의 그림 시집 『솜솜히 사모하여 꽃이 되는 소리』에서 인용했음을 밝힌다.